Franz Kafka

Die Acht Oktavhefte
und andere Schriften aus dem Nachlass

1916 - 1924

卡夫卡遺稿集

八開本筆記及其他

法蘭茲·卡夫卡 著
彤雅立 譯

本書為繆思出版社《卡夫卡中短篇全集 V：鄉村婚禮籌備 1897–1915》（2016）原計畫推出之續集；收錄法蘭茲・卡夫卡於1916年至1924年間撰寫的遺稿內容。

導讀

舉起利爪的寓言故事

耿一偉　台北藝術大學戲劇系兼任助理教授

幾乎每位造訪布拉格的旅客，都會到布拉格城堡的黃金巷參觀，據說卡夫卡故居是巷子裡的二十二號。其實這簡化了事實，卡夫卡沒有住過黃金巷，他只是於一九一六年十一月至一九一七年四月間，下班後會到這間他妹妹奧特拉（Ottla Kafka）租的小屋，進行寫作。當時有一段時間，卡夫卡眞正住所是在小城區的勛伯恩宮（Palais Schönborn，現爲美國大使館），這裡的潮濕環境，可能導致了後來肺結核的發作。卡夫卡在一九一六年十二月十八號在給未婚妻菲莉絲．包爾（Felice Bauer）的信中提到：「我現在待在奧特拉的小屋裡……每天最好的時光，就是在準備散步回家的路上。剛開始是八點，後來又到八點半，現在甚至拖到九點之後，當你輕輕地將房門鎖上，然後趁著滿夜星空走在狹窄的巷道上，那真是一種奇妙的感受。」

本書的輯一〈八開本筆記〉收錄的作品，是來自卡夫卡生前未公開的八本藍色八開筆記（Oktavhefte），在卡夫卡過世後，由好友馬克斯・布羅德（Max Brod）所保存。這八本中有四本是在黃金巷時期創作的，現在稱之爲A至D（布羅德的編號順序是七、一、六、二號），包括本書收錄的《守墓人》、〈橋〉、〈獵人格拉庫斯〉、〈敲門〉、〈中國長城建造時〉、〈一隻雜種〉與〈鄰居〉。之後在一九一七年十月至一九一八年五月間，卡夫卡當時住在波西米亞西北部的曲勞（Zürau，現稱Siřem），他因肺結核而在奧特拉所經營的農莊休養，這段期間他寫了包括本書收錄的〈一場日常的混亂〉、〈關於桑丘・潘薩的眞相〉、〈賽壬的沉默〉、〈普羅米修斯〉與〈箴言錄〉，這些文字都是落在H與G本（布羅德的編號是三與四號）。

過往卡夫卡都將日記與小說，寫在大本的四開筆記本上。相反地，體積較小的八開筆記本代表了一種移動的方便性，能更靈活地往返於辦公室、住所與黃金巷之間。如此一來，當很多靈感的刺激，在市區的移動過程中出現時，卡夫卡可以隨時在八開筆記本上進行寫作或素描。黃金巷小屋給卡夫卡帶來的自由感，使他進入一段創作的高峰期，在前面給菲莉絲的信中，卡夫卡說：「我現在待在奧特拉的小屋裡。無論如何，這裡比過去兩年的任何時候還好。只要再加一點小小的修改，整晚住在這裡會比住在別處更加完美。但這是不可能的，因為只有住在那裡的守夜人才可以享受到真正的完美。」

《守墓人》是卡夫卡唯一的劇本創作，相較他大量的小說創作與思考文字，不免令人好奇，卡夫卡對戲劇的看法到底爲何？卡夫卡在一九一一年十月二十七號的日記裡提到：「因為在小說中，作者只能把最重要的事物呈現在我們面前，在戲劇裡我們則看見一切，包括演員和布景，因此不只看見了重要的東西。從小說的角度來看，最好的戲劇會是一部一點也不刺激的戲，例如一齣哲學劇，由演員坐在一個隨便布置的房間裡朗誦出來。」《守墓人》與幾年後的《城堡》（*Das Schloss*，一九二二年）有類似之處，守墓人就像是K，做著徒勞的守墓工作，一輩子沒進入皇宮。只有當他工作岌岌可危時，才被召喚到宮內晉見君主。在一連串沒有交集的對話裡，守墓人透露了自己與墓中鬼魂搏鬥的經驗。兩位主要的幽靈，一男一女，似乎又與君主及王妃的角色對應。

在曲勞期間寫的〈箴言錄〉，代表了卡夫卡生命的重要分水嶺。他與菲莉絲原本在一九一七年七月二度訂婚，沒想到在八月十三號，住在勛伯恩宮的卡夫卡早上醒來發現自己在咳血。後來在一九二〇年五月五號寫給當時捷克女友米蓮娜．葉森思卡（Milena Jesenská）的信中，卡夫卡說他的捷克女僕看到後，用捷克語對他說：「博士先生，您活不久了。」（“Pane doktore, s Vámi to dlouho nepotrvá.”）接著，在九月四號醫生診斷確認是肺結核後，卡夫卡立即向公司請長假，於九月十二號前往曲勞休養，並在十二月與菲莉絲二度解除婚約，而當時第一次世界大戰尚未結束。

在面對個人（身體）、他人（婚姻）與世界（戰爭）的各種挑戰，卡夫卡的這些格言帶有更多哲學意涵，反映了對生命與歷史的反思，第三十五條「沒有擁有，只有最後一口氣之後的存在，渴望窒息的存在」，幾乎是對這些危機的吶喊。這些格言最早於一九三一年由布羅德編輯出版，當時的標題《對罪惡、困厄、希望與眞實道路的觀察》（*Betrachtungen über Sünde, Leid, Hoffnung und den wahren Weg*）是布羅德所命名。如今，更多人會單純以《曲勞箴言錄》（*Die Zürauer Aphorismen*）來稱呼這些書寫。

本書的輯二〈其他遺稿〉，其中一半的作品，是寫在五十一張被收在抽屜的散稿上，之後被稱爲《一九二〇年卷帙》（*Konvolut 1920*）。包括了〈夜〉、〈駁回〉、〈有關律法的問題〉、〈海神波塞頓〉、〈共同體〉、〈城徽〉、〈共同體〉、〈舵手〉、〈試驗〉、〈禿鷹〉、〈小寓言〉與〈陀螺〉都是出自於此。以上除了〈有關律法的問題〉，其他的標題都是布羅德在出版時取的。

捷克曾被奧地利的哈布斯王朝統治長達三百年（一六二〇－一九一八年），官方語言為德語，而捷克人則說捷克語。我們可以想像台灣是日本殖民地的時候，日語為官方語言，台灣人日常生活還是說台語的狀態。捷克文屬於斯拉夫語系，德文屬於日耳曼語系，兩者發音與文法完全不同。卡夫卡在世時，布拉格約有六十萬居民，但真正的德語人口，只有百分之五，約三萬兩千人左右，其他都是捷克人。身為猶太裔的卡夫卡，是少數族群中的弱勢族群。不過卡夫卡自小被捷克奶媽帶大，家裡女僕與廚娘都是捷克人，所以他捷克文相當流利。捷克斯洛伐克於一九一八年十月二十八號獨立後（後來於一九九二年分裂成兩個國家），捷克語成了官方語言，卡夫卡在〈城徽〉中，透露了他對布拉格這個城市變化的敏感。作品描繪了巴別塔的建造過程，結尾提到興建巴別塔的城徽裡有拳頭的圖案。恰好，布拉格的城徽裡也有緊握著一把劍的拳頭。政治環境造成的認同紛亂，〈城徽〉成了對一九二〇年代初布拉格的暗喻。

〈歸鄉〉寫在藍色的學校筆記本上，時間是一九二〇年，標題爲布羅德所取。〈辯護人〉與〈在我們的猶太會堂〉都出現在一本後來被稱之爲《飢餓藝術家筆記本》（*Hungerkünstler- Heft*）上，因爲〈飢餓藝術家〉（Ein Hungerkünstler，一九二二年）這篇知名的短篇小說也寫在這本筆記本上。〈辯護人〉估計寫作時間爲一九二二年春，〈在我們的猶太會堂〉則創作於一九二二年的五月或六月。〈放棄〉與〈夫婦〉收錄在被稱之爲《夫婦筆記本》（*Ehepaar-Heft*）上。〈放棄〉創作時間大約是一九二二年十一月到十二月之間。〈夫婦〉是一九二二年十月到十一月。〈巢穴〉是卡夫卡與最後的女友朵拉（Dora Diamant）住在柏林時寫的，時間落在一九二三年十一月到一九二四年一月間，離他過世還有半年左右（一九二四年六月三日），寫在平常使用的細格稿紙上，這篇小說的標題也是布羅德所取。

〈巢穴〉的主角是一隻住在地洞裡類似獾的生物，這種動物化或是物件化的寓言故事，在卡夫卡晚期的短篇作品中特別明顯，像是主角是猴子的另一篇知名短篇〈給某科學院的報告〉（Ein Bericht für eine Akademie，一九一七年，寫在黃金巷時期的八開筆記本上），或是本書收錄的〈橋〉、〈一隻雜種〉、〈禿鷹〉、〈小寓言〉、〈陀螺〉、〈辯護人〉、〈在我們的猶太會堂〉等都可以看到這樣的傾向。這與他在《審判》（*Der Process*）與《城堡》等長篇小說中，偏好描述在官僚主義中迷失的個人，有截然不同的風格。

本書的大部分作品，最早都出現在布羅德所編輯出版的卡夫卡全集，分別是一九三一年的第一冊《中國長城建造時：卡夫卡遺稿集》（*Beim Bau der chinesischen Mauer. Ungedruckte Erzählungen und Prosa aus dem Nachlass*），以及一九三六年的第五冊《一場戰鬥紀實：卡夫卡遺稿集之中篇小說、隨筆與箴言錄》（*Beschreibung eines Kampfes: Novellen, Skizzen, Aphorismen aus dem Nachlass*）這兩本書中。

猶太裔德國哲學家與文化評論家華特・班雅明（Walter Benjamin）在一九三八年六月十二號給猶太神學家格爾肖姆・修勒姆（Gershom Scholem）的信中寫道：「卡夫卡的作品從本質上說都是寓言故事……儘管從表面上看，卡夫卡的故事都是溫馴的，但它卻往往出人意料地向經典舉起利爪。」

目錄

輯二　其他遺稿

輯一

八開本筆記

1916 - 1918

《八開本筆記》（*Oktavheft*）為卡夫卡自一九一六年底至一九一八年春所寫的筆記，共有A至H八冊，又稱《八部八開本筆記》（*Die Acht Oktavhefte*）。這八部藍色封面的筆記，為馬克斯．布羅德（Max Brod）在卡夫卡的遺物中尋得。卡夫卡在一九一六年十一月至一九一七年四月間，每天下班後固定在布拉格黃金巷寫作。《八開本筆記》中的許多創作，皆完成於此一時期。

守墓人

（小書房，高高的窗，窗外是一棵枯樹。）
（君主坐於書桌前，靠著椅背，望向窗外。）
（侍從官白色落腮鬍，身體裹在合身的外套裡，顯得年輕，站在中門旁的牆邊。）
（停頓。）

君王　（從窗戶轉過身來）如何？
侍從官　我無法推薦它，殿下。
君主　爲何？
侍從官　此刻我無法精確表達我的疑慮。如果我只引用那句通情達理的格言——讓死者安息，我想說的，其實遠超過這些。

君主　我也是這麼想的。

侍從官　這樣的話，就是我理解錯了。

君主　看來是這樣。

（停頓。）

君主　在這件事情上唯一讓您糊塗之處，也許是我下達命令的時候，只事先向您宣布，這點是很不尋常的。

侍從官　您所向我宣告的命令，使我擔下更大的職責，因此我必須盡力完成。

君主　別說什麼職責了！

（停頓。）

君主　那麼我重申一遍。到目前爲止，腓特烈家族的陵墓園區是由一名守衛看守，他的小房子就在陵園入口。這一切有什麼好非議的嗎？

侍從官　當然無可非議。陵墓有超過四百年的歷史，因而看守的方式也會承襲下去。

君主　這麼做也可能失當。不過，這麼做並不爲過？

侍從官　此舉實爲必要。

君主　必要之舉，好的。既然我來到鄉下的這座行宮，細部了解到外地人迄今爲止都相信的作法，他們證明了自己的表現尚可；而我認爲——陵墓上方的園區看守人力不足，底下的陵墓也要有人看守才對。也許這並不是令人舒服的職務。然而根據經驗，每個崗位都能找到樂於工作、適得其所之人。

侍從官　當然，殿下所下達的一切命令，即便大家不理解其必要性，還是會去執行。

君主　必要性！所以園區大門的看守是必要的嗎？腓特烈家族的陵園是城

堡公園的一部分，完全被它包圍，城堡公園本身已經有充足的人力看守，甚至是軍事人力。爲什麼腓特烈家族陵園還需要特別的看守呢？這難道不是僅僅流於形式的作法？難道不是給在那裡看守的可憐老人提供一個友善的臨終環境？

侍從官 這是一種形式，但它實屬必要。這是對偉大死者表示尊敬的方式。

君主 在地下陵墓的看守，難道就不是尊敬？

侍從官 依我之見，此舉帶有警察意味；這樣的看守，將會是對不眞實的、脫離人間的事物所進行的眞實監視。

君主 這座陵墓是我們家族在人間的邊界，因此我要在這個邊界上設置看守人。（起身）至於如您所述的警察式的必要性，我們可以問問守墓人的看法。我已經傳喚他過來了。（搖鈴。）

侍從官 恕我直言，他是個糊塗的老人，已瀕臨瘋狂。

君主　若是如此，那就更證明了依我之意增加看守人力之必要。

（僕從上前。）

君主　守墓人！

（僕從領著守墓人進來，緊緊扶著他的手臂，否則他就會癱倒。紅色老制服鬆垮地掛在他身上，銀色鈕釦擦得發亮，別著各種各樣的動章。他把帽子放在手中，眾目睽睽之下，整個人不住地發抖。）

君主　把他放上沙發眠床[1]！

（僕從將他放上眠床，然後離開。停頓。只剩守墓人的瀕死喘息。）

君主　（回到靠背椅上）你聽得見嗎？

（守墓人努力想回答卻無法，他已精疲力竭，又倒回床上。）

1 此處「沙發眠床」之德語為 Ruhebett，有「舊式沙發床」與「長眠之地」的雙關義。

君主　你要鎮定，我們都等著。

侍從官　（躬身朝向君主）這個人能提供什麼訊息呢？更別說是可信或重要的訊息了。應該儘快將他送上床。

守墓人　不用上床——我還有體力——現在——老當益壯。

君主　應該的。你年方六十。只是看起來非常虛弱。

守墓人　我很快就會復原——很快復原。

君主　這不是責備。而是見到你過得不好，很是惋惜。你是否有不滿之處想表達？

守墓人　苦差事——苦差事——不是抱怨——但是太疲憊——每晚都摔跤。

君主　你在說什麼？

守墓人　苦差事。

君主　你還說了別的。

守墓人 摔跤。

君主 摔跤？到底是怎樣的摔跤？

守墓人 跟蒙主寵召的祖先們摔跤。

君主 我不懂。你做了噩夢？

守墓人 沒有做夢——沒有一晚在睡覺。

君主 那你說說這些——摔跤。

（守墓人不發一語。）

君主 他爲何不說話？

侍從官 （連忙走向守墓人）他隨時都可能斷氣。

（君主站在桌邊。）

守墓人 （侍從官碰到他的時候）走開，走，走開！（他與侍從官的手搏鬥，然後哭著倒下。）

君主 我們這樣是在折磨他。

侍從官 怎麼說？

君主 我不知道。

侍從官 進宮的路途、傳喚、見到殿下，接受提問，他已經神智不清，無力對抗這一切了。

君主 （不斷望向守墓人）不是這樣的。

（君主走向沙發眠床，彎身朝向守墓人，雙手扶起他的小腦袋。）

君主 不用哭。到底爲什麼哭呢？我們對你是善意的。我本人認爲你的職務並不容易。你當然對我的家族有功。啊，別再哭了，說些話吧。

守墓人 只是我很怕那邊那位先生——（他看著侍從官，眼神並不膽怯，而是威脅。）

君主 （對侍從官）如果要他說話，您就得離開。

侍從官 可是殿下，您看，他嘴角有白沫，已病入膏肓。

君主 （心不在焉）好，您走吧，不會太久的。

（侍從官離開。）

（君主坐在沙發眠床的邊緣。）

（停頓。）

君主 你爲何害怕他？

守墓人 （明顯聚精會神起來）我沒有害怕。幹嘛怕一個僕從？

君主 他不是僕從。他有爵位，自由且富有。

守墓人 再怎樣只是個僕從，你才是主人。

君主 隨你怎麼說。是你自己說會害怕的。

守墓人 我怕的是在他面前講出只有你該知道的事。我不是在他面前講過太多事情了？

君主 他是我的親信；倒是今天我才初次見到你。

守墓人 見面是第一次，但打從一開始你就知道，（食指舉起）我擔任宮中最重要的職務。而且你也透過授予我「火紅」動章公開承認過。這裡！（托起衣袍上的動章。）

君主 不，這是在宮廷任職二十五年的獎章，還是我的先祖父授予你的。但我也會表揚你的。

守墓人 悉聽尊便，一切依照你對我的職務的看重程度。我爲你當守墓人，已經三十年了。

君主 不是爲我，我執政未滿一年。

守墓人 （沉思中）三十年。（停頓。）

守墓人 （又回到君主所說的話）那裡度夜如年。

君主　我還沒收到你的職務報告。工作情況如何？

守墓人　每個夜晚都千篇一律。每個夜晚，我的頸部動脈都差點破裂。

君主　所以只有夜班？你一個老人值夜班？

守墓人　正是如此，陛下。那是值日班，懶人的崗位。坐在大門前，陽光底下張著嘴。有時候，守衛的狗用前爪摸你的膝蓋，然後又趴下。這就是唯一更替的活動。

君主　這樣啊。

守墓人　不過現在已經改成夜班了。

君主　誰改的？

守墓人　陵墓裡的主子們。

君主　你認識他們？

守墓人　是的。

君主　他們來找你？

守墓人　是的。

君主　昨夜也來過？

守墓人　也有來。

君主　結果怎樣？

守墓人　（身體坐直）一如往常。

（君主站起來。）

守墓人　一如往常。靜靜地直到午夜。我躺在床上——請原諒——一面抽菸斗。我的外孫女睡在我的隔壁床。午夜時分，敲窗戶的聲音首次響起。我看看時鐘。總是那麼準時。又敲了兩下，聲音跟塔樓鐘聲混在一起，卻沒有比較弱。那不是人的指關節。但我知道這一切，身體一動也不動。然後它在外面發出清嗓子的聲音，驚訝我爲何聽見敲窗的聲音，卻不打開窗戶。它每個夜晚都很驚訝。想必殿下也會覺得驚訝！那位老守墓人一直都在那！（亮出拳頭。）

君主　你在恐嚇我？

守墓人　（一時不明白）不是對你，是窗外的那位！

君主　他是誰？

守墓人　他立即現身。窗戶與百葉窗突然都打開了。我連忙拉起棉被，遮住我外孫女的臉。狂風猛烈地吹進來，轉瞬間熄滅了燈火。腓特烈大公！他的臉、頭髮與鬍鬚，整個占滿了我可憐的窗戶。他是幾百年沒修了才長成這樣？當他開口說話時，風吹著他兩排牙齒之間的老鬍鬚，這時他就會咬住它們。

君主　等等。你說的腓特烈大公，到底是哪一位？

守墓人　腓特烈大公，就是腓特烈大公。

君主　他這麼說出自己的名字？

守墓人　（膽怯地）沒有，他沒說。

君主　即便如此你也知道——（中止）繼續說下去！

守墓人　我該繼續說嗎？

君主　當然。這跟我有很大的關係。這是工作分配上的失誤。你的負荷過重了。

守墓人　（跪下）別撤除我的職務，殿下。我都為你活了這麼久，現在就也讓我為你死吧！我要死在墳旁，別阻擋我。我喜歡服務，我還有能力服務。像今天這樣的覲見，能在殿下身邊稍事休息，會帶給我十年的力量。

君主　（扶他回到沙發眠床坐下）沒有人會撤除你的職務。這方面我如何能缺少你的經驗！但我還會再指派一名守墓人，你會成為長官。

守墓人　我一個人不夠嗎？我曾經給誰放行了嗎？

君主　進到腓特烈家族陵園？

守墓人　不，是走出園區。誰會想進去陵園呢？要是有誰在欄杆前停下腳步，我就會在窗邊揮手，然後他就會跑掉。可是出去，出去是大家都想的。午夜過後，你會看見所有墳墓的聲音聚集在我的房屋周圍。我想，他們不會因爲只是擠在一起，就全都從窄小的窗口溜進來。不過，要是情況惡劣，我就會從床底下拿出燈籠，抬起它，這些讓人摸不著頭緒的生命體就會一會兒哭、一會兒笑地散去；然後我會聽見他們在陵園盡頭的最後一株灌木叢沙沙作響。不過，很快地，他們又會聚集起來。

君主　那麼他們有說出請求嗎？

守墓人　一開始他們只有命令。腓特烈大公尤其如此。沒有一個活著的人像他這麼滿懷信心。三十年來，他每個夜晚都等著看我垮掉。

君主　若是三十年來夜夜來訪，那麼就不會是腓特烈大公，他十五年前才去世。只是，陵墓當中只有一個人叫這個名字。

守墓人　（整個人沉浸在自己的故事裡）這我就不知道了，殿下，我沒有研究。我只知道他是怎麼開始的。「老狗，」他在窗邊開始說話，「主人們在敲門，你居然還躺在髒床上。」他們老是因爲床而火冒三丈。如今每天夜裡，我們幾乎都說一樣的話。他在外頭，我面對著他，背靠在門上。我說：「我只有值日班。」大公轉過身去，對著陵園大喊：「他只有值日班！」接著，聚集起來的貴族們哄堂大笑。然後，大公又對我說：「現在明明是白天。」我簡短回應：「您搞錯了。」大公說：「不管白天黑夜，開門吧！」我說：「這違反我的職務規定。」我用菸斗的柄指著牆上的一張紙。「你明明是我們的守墓人啊。」我說：「我是你們的守墓人，但任用我的是在位的君主。」他說：「我們的守墓人，這才是重點。快點開門，立刻開門。」我說：「不要。」他說：「傻子，你會丟掉工作的。今天李奧大公邀我們過去呢。」

君主 （快速反應）我？

守墓人 就是你。

守墓人 （停頓。）

當我聽見你的名字，整個人就癱軟了。因此我出於謹慎，馬上倚著門，讓身體完全被門撐住。外面的所有人都在唱頌你的名。「邀請函在哪裡？」我虛弱地問。「畜生，」他喊道，「你懷疑我這位大公所說的話？」我說：「我沒有收到命令，所以不開門，不開就是不開。」「他不肯開門，」大公在外頭喊，「那麼大家，向前，整個王朝，面向大門，我們自己開。」轉瞬間，我的窗前空無一物。

（停頓。）

君主　就這樣？

守墓人　不然怎樣？現在這才是我眞正的職責，我跑出門，繞著屋子一圈，就撞上了大公，接著扭打起來。他如此高，我如此小，他如此壯，我如此瘦，我只能跟他的腳搏鬥，不過，有時候他把我舉起來，我在上面依然繼續搏鬥。他所有的同伴都圍著我們，譏笑我。譬如其中一個，從後面把我的褲子割開，結果大家就趁我搏鬥的時候，玩我的襯衫下襬。我實在不懂，明明每次都是我贏，他們爲何笑成這樣。

君主　你都打贏，是怎麼做到的呢？你有武器？

守墓人　只有頭幾年我有攜帶武器。跟他對打的時候，這些東西有什麼用？它們只讓我覺得沉重。我們只用拳頭，或者其實只靠呼吸的力量來搏鬥。而且這種時候，我的腦海裡全是你。

（停頓。）

守墓人　不過，我從來不會懷疑我的勝利。我只是有時候會害怕自己從大公的指間溜走，這樣他就會忘記自己正在搏鬥。

君主　你是幾時打贏的？

守墓人　天快亮的時候。然後他會把我推倒，朝我吐口水，代表他承認失敗。我則需要再躺一小時，才能好好喘氣。

（停頓。）

君主　（起身）可是，告訴我，難道你不知道他們到底要什麼？

守墓人　他們想從陵園出去。

君主　怎麼會？

守墓人　我不知道。

君主　你沒問過他們嗎？

守墓人　沒有。

君主　爲什麼？

守墓人　我怕死了。不過，只要你願意，我今天就會問他們。

君主　（大驚，大聲說）今天！

守墓人　（老練地）是的，今天。

君主　你也沒料想過他們要什麼嗎？

守墓人　（思索著）沒有。

（停頓。）

守墓人　有時候，也許我還應該說，當我有氣無力地躺著，孱弱得眼睛都睜不開時，就會有一個摸起來柔軟、潮濕且毛茸茸的生命體來找我，她是很晚出生的伊莎貝拉伯爵小姐。她會觸摸我身體的許多地方，抓住我的鬍子，整個軀體從我下巴底下的脖子溜過，每回都說：「你不讓其他人出去，但是拜託，讓我出去。」我拚命搖頭。「我要去見李奧大

君主 公，跟他握手致意。」我繼續搖頭不止。「但是拜託，讓我出去。」她的聲音言猶在耳，人已消失。我的外孫女拿著棉被過來將我包住，然後就在我身邊，等到我能自己走路爲止。她眞是很好的人。伊莎貝拉，這名字我沒聽過。

（停頓。）

君主 請前來握手致意。（走到窗邊，望向窗外。）

（僕從穿過中間的門。）

僕從 殿下，尊貴的王妃有請。

君主 （心不在焉地瞥向僕從，然後對著守墓人）等我回來再說。（從左側下。）

（侍從官馬上穿過中間的門而去，然後，身穿軍官制服的年輕宮廷總管從右邊的門進來。）

（守墓人彷彿見到鬼那般蜷縮在沙發眠床後面，雙手揮舞著。）

宮廷總管　君主離開了嗎？

侍從官　王妃依您建議，已請他移駕過去了。

宮廷總管　好。（突然轉過身，往沙發眠床後方彎腰）你啊，這可憐的鬼，竟膽敢真的來到王宮。你難道不怕被人狠狠地一腳踢出門外？

守墓人　我怕啊，怕死了……

宮廷總管　鎮定，先鎮定下來，別出聲——坐到我這個角落來！（對侍從官）感謝您的知會，使我能揣摩新君之上意。

侍從官　是您派人問我的。

宮廷總管　無論如何，我依然感謝。此刻，擺明當著那邊那傢伙面前，我得說幾句眞話。伯爵大人您呢，其實跟反對派走得很近。

侍從官　這是在指控嗎？

宮廷總管 目前只是一種擔憂。

侍從官 那麼我就可以回答了。我並沒有跟反對派走得近，因爲我認不出那些人是誰。我可以感受到這種潮流，不過我並不投身於此。我依舊遵照腓特烈大公在位時通用的公開政策。當時，侍奉君王就是在宮廷服務的唯一政策；由於那時他單身，因而服侍起來相對輕鬆，不過，這到底不是一件困難的事。

宮廷總管 言之有理。自己的鼻子再怎麼忠誠，都永遠無法指出正確的路向，唯有靠理智。不過，理智必須下決定。假如君主誤入歧途了——那麼伴君之人應該陪著他沉淪，還是應該全然奉獻，把他趕回去？毫無疑問，應該把他趕回去。

侍從官 您跟著王妃從異國的宮廷過來，在這裡才半年，就想在複雜的宮廷環境中分別善惡？

宮廷總管　瞇著眼看事情的人，眼睛只見到複雜之物。睜開眼睛看事情的人，在最初的時刻，就能洞見百年後見到的永遠清晰之物。這裡指的固然是悲傷的洞見，但願這幾天，它就能引發出好的決定。

侍從官　您所期待的決定，在我眼中僅是一道命令，我不相信它是好的。我擔心的是，您誤會了我們的君主、宮廷及這裡的一切。

宮廷總管　無論理解還是誤會，當前的情況令人難以忍受。

侍從官　或許令人難以忍受，但是這些情況其來有自，歸因此地之事物本質，我們將會忍受到最後。

宮廷總管　可是王妃不能忍，我不能忍，支援我們的人，不能忍。

侍從官　您認爲不能忍的事情，究竟是什麼呢？

宮廷總管　正好因爲這個決定，我想開誠布公地說。君主的形象是雙重的。其中一種忙於治理，在人民面前顯得心神恍惚，蔑視自己的權利；另一種則是精密地想方設法增強自己的基礎。在過去當中挖掘，就會愈來愈深。這是對事態的誤判！這場誤判並非不嚴重，然而過失卻比親眼所見的還要大。難道您可以置若罔聞？

侍從官　針對您的描述，我沒有異議，只是針對您的評判，我有話要說。

宮廷總管　針對我的評判？我以爲您會對我提出贊同。爲了顧及您，這樣的想法，我始終沒說出來。我只說一點——事實上，君主不需要增強他的基礎。他若利用當前全部的統治手段，就會發現這些手段足以創造一切上帝與人民要求他做出的最高職責。但他唯恐天下不亂，他正在成爲暴君的路上。

侍從官　他不是天性謙虛嗎?!

宮廷總管　其中一種形象是謙虛的，因爲第二種形象需要他全部的精力以奠立基礎，使他足以建造巴別塔。應該要阻止這項工作，因爲他唯一應該致力的政策，應該是去關心個人存在、公國、王妃，乃至也許甚至是君王自身。

侍從官 「也許甚至」——您眞是坦誠。老實說，決定的旨意宣布在即，您的坦率卻使我發顫。實在遺憾，一如近來，我愈來愈遺憾自己對君王的忠誠無能抵擋。

宮廷總管 一切水落石出。您並沒有與反對派走得近，而且甚至出手抵禦。光是伸出一隻手，對一位廷內老臣來說，就已經值得讚揚。然而，您唯一的希望就是被我們的偉大榜樣所感召。

侍從官 我會盡我所能地抵禦它。

宮廷總管 我已經不再怕它了（指著守墓人）。那你呢？默默坐在那邊，是否明白我們所說的一切？

侍從官 守墓人？

宮廷總管 守墓人。也許必須從異國他鄉過來，才能辨認出他。不是嗎？你這小夥子、老貓頭鷹。您是否曾在晚間看見它飛過森林，躲過了厲害的射手？然而白天一點風吹草動，他就蜷縮起來。

侍從官 我不懂。

守墓人 （差點哭了）您在訓斥我，主人，我不知道爲何您要這樣。放過我，拜託，讓我回家吧。我不是什麼壞蛋，而是守墓人。

侍從官 您不信任他。

宮廷總管 不信任？他輕如鴻毛，不用我一般見識。但我還是要防著他。你也可以說我迷信或者胡思亂想——我認爲，他不只是壞人的工具，而且還是個正直獨立的，爲壞人工作的人。

侍從官 他默默爲宮廷服務了大約三十年，也許還不曾進到城堡。

宮廷總管 啊，這種鼴鼠在現出原形之前，都修建了很長的通道。（突然轉向守墓人）先把這個人弄走！（對僕從）你把他帶到腓特烈家族陵園，守著他，別再讓他出來，直到聽候發落。

守墓人 （非常害怕）我應該等待君主殿下。

宮廷總管 你錯了——給我滾！

侍從官 他又老又病，需要被好好對待，況且君主很看重他。

（守墓人對著侍從官深深一鞠躬。）

宮廷總管 什麼？（對僕從）對他好一點，但是要趕快把他弄走！即刻！

（僕從打算下手。）

侍從官 （走到他們中間）不，得叫輛馬車來。

宮廷總管 這是宮廷的空氣，我嚐不出一粒鹽的氣味。好吧，來一輛馬車。你來將這珍品送上車。不過，兩位請即刻離開這個房間。（對侍從官）您的舉止告訴我——

（守墓人往門口的路上，他發出一聲輕叫，倒在地上。）

宮廷總管 （頓腳）難道沒辦法擺脫他嗎？不然你把他扛起來。你要有自知之明啊。

侍從官 殿下！

（僕從打開左側的門。）

宮廷總管 啊！（看一眼守墓人）我早該知道，鬼是不能搬運的啊。

（君主快步走來，王妃跟在他身後，是一名深色皮膚的年輕女人，她咬緊牙關，在門口止步。）

君主 發生了什麼事？

宮廷總管 守墓人身體不適，我想將他運走。

君主 應該先跟我秉報。醫生請了嗎？

侍從官 我派人去請。（連忙穿越中門而去，迅即返回。）

君主　（跪在守墓人身邊）替他準備一張床！抬擔架來！醫生來了嗎？這麼久不見人影。脈搏太虛弱了。我聽不到他的心跳。剩下皮包骨，他的身體毀壞殆盡，太可憐了。（突然起身，取一杯水，然後環顧四方）他一動也不動（馬上又跪下，沾濕守墓人的臉）。現在他呼吸順一些了。不會那麼嚴重的，軀體還健在，苦難的最後關頭，他還是挺過來了。可是醫生，醫生呢？（他望向門口，守墓人舉起一隻手，撫摸君主的臉頰。）

（王妃將目光挪向窗邊。僕從抬著擔架，君王協助將守墓人抬上去。）

君王　溫柔地抓住他。啊，用你們的爪子！把頭稍微抬高。擔架再近一點。枕頭再下面一點、放在背後。手臂，手臂！你們照顧病人的能力實在糟透了！會不會有一天你們也像擔架上這個人一樣疲憊？——好——現在用最慢最慢的腳步，尤其要平穩，我跟在你們後面。（在門口對王妃）這就是守墓人。

（王妃點點頭。）

君主 我本來想用其他的方式給你看看他。（再走一步之後）你不一起來嗎？

王妃 我好累。

君主 我跟醫生說完之後就過去。至於您們，我的臣子，若有事跟我稟報，請稍等。（退場。）

宮廷總管 （對王妃）殿下是否需要我的效勞？

王妃 永遠需要。感謝您的警覺性。就算今天這樣的警覺是徒勞一場，也請別放棄它。此事攸關一切。您看得比我多。我都待在房裡。但我知道，天氣會愈來愈陰沉。這次，這場秋天，比任何時候都要悲傷。

本文選自《八開本筆記》中的A冊。寫於一九一六年十二月至一九一七年初，為卡夫卡所創作的唯一一部劇本，生前並未出版，一九三六年首度出版於馬克斯・布羅德所編選的《一場戰鬥紀實：卡夫卡遺稿集之中篇小說、隨筆與箴言錄》（*Beschreibung eines Kampfes. Novellen, Skizzen, Aphorismen aus dem Nachlaß*）。標題《守墓人》（*Der Gruftwächter*）為馬克斯・布羅德所加。

橋

我曾僵硬且冰冷，我曾是一座橋，橫亙在一處深淵之上，足尖踮在此岸，雙手頂住彼岸，我以黏土的碎塊將自己牢牢黏住。裙子的下襬在我的兩側飄動。鱒魚群聚的冰冷小溪，在深處潺潺地流。尚未有遊客在此難行的高處迷途，這座橋尚未繪製於地圖之上。因而我橫亙於此等待著；我必須等待；一座曾經建造的橋，除非坍塌，否則永遠都得是一座橋。有一次，接近傍晚，我已經記不得是第一次還是第一千次，我的思緒愈來愈混亂，不斷迴旋——在夏天的傍晚，溪水的聲音變得陰沉，我聽見一個男人的腳步聲。向我，向我走來。橋啊，伸展吧，屹立吧，沒有欄杆的橋梁啊，請撐持那些信賴你的人，將他們腳步的不安不知不覺地驅走，若他搖晃，你要挺身而出，像山神一般將他拋上岸。他來了，用拐杖的鐵尖敲著我，接著用它掀起我的裙襬，然後齊整地鋪在我身上，他繼續用它深入我濃密的髮，停在裡面好久，也許這時他正環顧四方。然後，就在我幻想著與他一起翻山越嶺，走過山谷時，他兩腳一躍，跳到我的身上。在劇痛之中，我無知地發顫。那是誰呢？小孩？運動員？冒失鬼？自殺者？誘惑者？毀滅者？於是我轉過身去看他。橋在轉動！我還沒翻過去就崩塌了。我崩解碎裂，被尖銳的石頭刺傷，那些石頭在湍急的流水中，總是平靜地注視著我。

本文選自《八開本筆記》中的B冊。寫作年代為一九一六年至一九一七年之間，一九三一年首度發表，標題〈橋〉（Die Brücke）為馬克斯·布羅德所加。

獵人格拉庫斯

兩個男孩坐在堤岸的矮牆上玩骰子。紀念碑的石階上，一名男子在揮舞著劍的英雄陰影下讀報。井邊有個女孩用木桶打水。一名水果商販躺在他的貨物旁邊，望著眼前的湖水。透過門窗的許多縫隙，可以看見酒館深處有兩名男子在喝酒。酒館老闆坐在前面的桌子打瞌睡。一葉扁舟彷彿被水面撐托，輕輕地蕩進河港。一名身穿藍色工作服的男人登上岸，將纜繩拴在鐵環上。另外兩名男子身穿繫著銀鈕釦的深色上衣，抬著擔架走在船主身後，擔架上的絲綢有大朵花的圖案，顯然有個人躺在上面。碼頭上，沒人理睬抵達的人，就算他們在等待船主收纜繩的時候，把擔架放下來，還是沒有人上前詢問，沒有人正眼看他們。船主被一個女人多耽擱了一些時間，那女人胸前抱著孩子，披頭散髮，站在船艙上。接著，他走過來，指著左邊一幢矗立在湖岸的三層樓黃色房屋，抬擔架的人重新抬起重物，穿過由細瘦圓柱支撐的低矮大門。一個小男孩打開了一扇窗，剛巧發現一行人消失在房子裡，於是趕緊關上窗戶。如今那扇精美厚實的橡木大門也關起來了。圍繞著鐘樓而飛的群鴿，在屋前廣場形成聚落，牠們聚集在大門前，彷彿房子裡儲存了牠們的養料。其中一隻飛到二樓，牠啄著窗玻璃。那是一群活潑且受到妥善照顧的淺色小動物。女人從船艙用力拋出穀粒，鴿子們一一啄食，接著往那女人的方向飛去。一名男子，頭戴大禮帽，上面繫著喪禮緞帶，他從通往碼頭的其中一條又窄又陡的小巷走下來。他小心翼翼地環顧四周，凡事都令他憂慮，眼見角落的垃圾，他氣得臉都扭歪了，紀念碑的石階上有水果皮，他就會在經過的時候用手杖把它們撥下去。他敲了敲圓柱門，同時摘下禮帽，放在戴著黑手套的右手上。門旋即開了，約有五十位小男孩在長廊上對他鞠躬、夾道歡迎。船主下樓問候先生，接著便領他上樓去，繞行於二樓圍繞著庭院、有輕巧梁柱的涼廊，男孩們保持尊敬的距離，跟隨著他們兩位，最後兩人踏入位於房屋後方的一個寬敞涼爽的空間；從那裡看去，對面已不再有房屋，而是光禿禿的灰黑岩壁。抬擔架的人正忙著在擔架的首尾兩處擺上長蠟燭，並且將之點燃；只是這樣並沒有讓四周變得明亮，它們僅是儀式性地驅走了早先占據於此的陰影，燭光在牆上閃爍。擔架上的布掀開了。上面躺著一個男人，頭髮跟鬍鬚凌亂，皮膚黝黑，看上去像個獵人。他躺在上面一動也不動、雙眼緊閉，似乎斷了氣，儘管如此，也只有周圍的環境顯示出他或許是死了。

那位先生走近擔架，伸出一隻手，放在躺在擔架上的人的額頭上，接著，他跪下來祈禱。船主揮手示意抬擔架的人離開房間，他們出去，趕走聚集在門外的小男孩，關上了門。然而，那位先生似乎覺得不夠安靜，他看著船主，對方馬上領會了意思，隨即穿過邊門，到旁邊的房間裡去。擔架上的男人馬上睜開眼睛，臉朝向那位先生，懷著痛楚且微笑地說：「你是誰？」那位先生並未顯出驚訝，面不改色地從跪姿轉而起身，回答道：「里瓦[2]市長。」擔架上的男人點點頭，伸出虛弱的手臂，指著一張扶手沙發椅，市長遵循邀請、坐定之後，男人說：「我是知道的，市長先生，可是我每每在第一時間什麼都忘了，一切都在我的腦中亂成一團，所以就算我什麼都知道，還是先提問的好。您或許也知道我是獵人格拉庫斯。」「當然，」市長說，「昨夜我獲悉您即將到來。我們原先早已就寢。我的妻子在午夜時分大喊：『薩爾瓦多』——那是我的名字——『你看窗台上有鴿子。』那眞的是一隻鴿子，體型卻跟公雞一樣大。牠飛到我的耳邊說：『明天死去的獵人格拉庫斯到訪，請以全城之名接待他。』」獵人點點頭，舌尖在唇間抽動，他說：「對的，鴿子先我一步飛來。不過，市長先生，您是否認爲我應該留在里瓦市？」「這我還無法說，」市長答，「您死了嗎？」「是的，」獵人說，「如您所見。多年前，眞的是非常久以前，我在德國的黑森林，追獵一隻羚羊的時候從一處懸崖墜落。那時之後，我就死了。」「但您不也還活著？」市長說。「某種程度是這樣，」獵人說，「某種程度來說，我也還活著。我死亡的小舟迷了航，是舵手轉錯了方向、船長一時不察，還是我家鄉的美麗景緻讓人分心了，我不知道究竟是如何，只知道自己留在人間，而我的小舟從此航行於塵世的江湖之上。於是本來只想住在山裡的我，在死後就這麼旅行著，雲遊四方。」「您沒有被接引到天堂彼岸嗎？」市長皺起眉頭問。「我呢，」獵人回答，「始終在通往它的寬大階梯上。我在這無盡、寬廣且自由的階梯上漫遊，一會兒上、一會兒下，有時向左、有時往右，永遠移動不息。然而，每當我做出最大的飛躍，感受到上面的天堂之門透出光亮，這時，我就會醒來，發現自己置身於我的老舊小舟——它正荒涼地停在某個塵世的江湖之上。曾經的那次死亡，根本是錯誤的，它在舟艙對我獰笑著，這時，船主的妻子尤莉亞敲了門，走近我的擔架，給我送上駛經國度沿岸的晨間飲

2 里瓦（Riva），義大利小城。

品。」「眞是厄運一場啊，」市長揮手作勢，表示惋惜，「難道您自己完全沒錯？」「沒有，」獵人說，「身爲獵人，難道是一種錯？我在黑森林當獵人，那時候還有狼。我埋伏、發射、擊中，剝下毛皮，這樣錯了嗎？我的工作受到賜福。人稱的黑森林偉大獵人就是我。這難道是過錯？」「我不是奉命來評斷這些的，」市長說，「但我也覺得錯不在此。但，這件事情錯在於誰呢？」「錯在船主。」獵人說——

（此處闕漏）

「那麼，現在您打算跟我們一起待在里瓦嗎？」市長問。「我沒打算。」獵人微笑著說，爲了彌補他的嘲弄，他伸出一隻手，放在市長的膝蓋上。「我在這裡，更多的我就不知道了，我也沒法做得更多。我的小舟沒有舵，它隨風漂蕩，那風，從死亡最底層的地帶吹來。」

本文選自《八開本筆記》中的C冊。寫於一九一七年初，一九三一年首度發表，標題〈獵人格拉庫斯〉（Der Jäger Graccus）為馬克斯．布羅德所加。

敲門

時序是夏季，襖熱的一天。我與妹妹在返家的路上，行經一處宅邸的門前。不知道是因爲想惡作劇，還是因爲精神渙散，我妹妹敲了門，我忘了她只是用拳頭裝腔作勢，還是一點也沒有敲下去。續行百步之後，鄉間道路向左綿延，眼前出現一座村莊。我們並不認識這村莊，不過，第一間房屋裡的人們已經出來跟我們打招呼，友好中帶有警告；他們顯得惶恐，因爲驚嚇而弓著背。他們指向我們行經的那處宅邸，提醒我們敲門的事。宅邸的主人會控告我們，馬上就會啟動調查了。我非常鎮定，還一邊安慰妹妹。她也許不會敲過門，就算眞的敲過，也不會因此在世界任何一個地方進行審判。我試著跟那裡的人解釋，儘管他們聽我說話，卻不妄加評判。後來他們說，不只是我妹妹，作爲哥哥的我也會被控告。我微笑著點點頭。我們大家回望那處宅邸，一如人們觀察遠方的煙雲，並等待火光降臨。確實，很快地，我們看見騎兵隊進入敞開的宅邸大門，塵土飛揚、鋪天蓋地，僅剩長矛的尖端閃閃發亮。不等到騎兵隊伍消失在宅邸，馬匹似乎就旋卽轉頭，往我們的方向追來。我催促妹妹趕緊離開，我會自己擺平一切，她拒絕丟下我一個人，我說她應該換個衣服，穿好一點的洋裝出現在這些先生面前才好。終於她聽話了，走上漫長的路途回家去。騎兵隊來到我們這裡，還沒下馬就問起我妹妹。她目前不在這裡，但是晚一點就會過來了。我回答的時候非常膽怯。他們聽我答話的時候顯得近乎淡漠，看來重要的是，他們找到了我。主要有兩位先生，年輕朝氣的法官與他沉默的助手，助手名叫阿斯曼。他們要求我走進農舍。我慢慢地、搖頭晃腦地，拉著褲子的吊帶，在先生們嚴厲的目光下開始往前移動。我還幾乎以爲，只要一句話，就可以把我這個城市人光榮地從農民當中解救出來。然而，就在我跨越門檻之際，那位先我一步跨進去，正等著我的法官說：「這個男人眞可憐。」毫無疑問，他這番話指的不是我當下的處境，而是卽將發生在我身上的事。那房間看起來不像農舍，更像是一間牢房。巨大的石磚，灰黑色、空蕩蕩的牆，一只鐵環嵌在牆上某處，屋子中央擺著的，約莫半是木板床，半是手術台吧。

◎

我是否還能夠呼吸監獄之外的空氣？這是一個巨大的問題，或反過來講，若我還有被釋放的希望，這才會是一個巨大的問題。

本文選自《八開本筆記》中的D冊。寫於一九一七年三、四月間，一九三一年首度出版，標題〈敲打庭院的門〉（Der Schlag ans Hoftor）為馬克斯・布羅德所加。

中國長城建造時

中國長城的最北端已經修建完畢。它的建造從東南與西南兩方而來，而在此相連。這種分開建造的方式，也具體而微地展現在東西方兩個勞動大軍之上。作法大抵是——大約二十名工人爲一組，修建大約五百公尺長的城牆，另一組則在相對的方向建造等長的城牆。然而，當兩段城牆連通之後，修建的工作並非在這一千公尺的城牆尾端持續下去，而是將兩組工人再度送往其他區段，繼續工作。當然，這樣的方式會產生許多不小的修建闕漏，經過緩慢的過程，才能逐漸塡補起來，有些甚至等到宣布竣工之後才補上。的確，也有闕漏的區段根本沒有被塡補起來，有人說，那裡遠比被建造的部分來得大；當然，這樣的一種說法，可能僅是圍繞在修建長城的許多傳說之一，至少對我們每個人而言，由於漫長的修建，用自己的眼睛與尺標，也無法在事後確認它的眞實度。

如今，人們也許打從一開始就相信，在修建的過程當中使城牆相連、或是至少讓兩大區段相連的作法，在各方面都有更多益處。眾所周知，城牆是爲了抵禦北方民族而規畫的。然而，城牆若不相連，它該要如何抵禦呢？是的，這樣的城牆不僅不能抵禦，就連修建本身也持續暴露於危險之中。在荒涼之地遺世獨立的城牆區段，可能會一再而再地被游牧民族輕易摧毀，尤其是當時因爲修建工程而擔心受怕，於是像蝗蟲般以迅雷不及掩耳的速度更換居所的那些人，他們對於修建的進展也許比我們這些建造者更加清楚。儘管如此，城牆修建除了既有的方式之外，大概也別無其他選擇了。要了解這一點，必須考慮下面的事情——長城應當用於數百年之抵禦，最精密的建築、應用古今諸族之建築智慧、參與修建者長久懷抱的個人責任感，皆爲此一工程的必要條件。至於低微的工作，雖然可以從人民當中覓得沒有知識的傭工，譬如勞力待價而沽的男人、女人與小孩，然而每四名傭工，就需要一名修習建築專業的能人帶領，他要具備能力去深入體會工程的核心。職責愈大，承擔的要求當然也就愈高。而這樣的人果眞大有人在，就算未及修建長城的龐雜人力，這樣的人卻也爲數不少。

修建長城並非輕率之舉。啟建的五十年前，就已經預定以城牆圍住中國，並且在全中國宣布，將建築藝術——尤其是砌牆工藝——列爲重要的科學，而其他工藝僅在有關聯的情況下予以認可。我記得很清楚，在還小的時候，雙腿還站不穩，我們就得站在老師的花園裡，用鵝卵石來砌一種牆，我還記得老師如何撩起他的長袍，奔向那面牆，當然，全都撞翻了，因爲我們蓋得太差，老師責罵我們，結果我們嚎啕大哭，四散到父母的身邊去。一起微小的事件，卻刻畫著時代精神。

我很幸運，在二十歲通過學堂畢業的高等會考時，長城正要開始興建。我稱之爲幸運，因爲有許多先前取得最高教育文憑的人，許多年不知如何應用所學，腦海中描繪最偉大的建築計畫，實際上卻毫無用處地閒晃，成爲潦倒失意的一群。然而，那些終於成為修建工程領導者的人，即便只是最低階的，也確實令人尊敬，他們是針對建築進行許多思考的人，而且這樣的思考不會停止，當他們讓第一顆石頭埋入泥土的時候，便感到自己與整個建築共生在一起了。當然，這些人除了渴望進行最縝密的工作，也迫不及待地想看見修建工程有朝一日完美竣工。傭工則沒有這種迫不及待的心情，驅使他們勞動的是工資，較高階的領導者，還有中階的領導者，他們看多了修建工程各方面的進展，因而足以給他們有力的精神支持，但是對於那些較低階的、精神層次遠高於他們表面上執行的微小任務的人而言，就必須以不同的方式對待了。譬如，不能將他們安置在離家數百里、無人居住的山區，讓他們經年累月地推砌一塊又一塊的石頭；這樣勤奮工作，即便終其一生也達不到目標的工作，會使人無望，並且使他們感到絕望，尤其認為自己之於工作愈來愈沒有價值。正因如此，分開建造的制度應運而生，五百公里的城牆得以在五年內築成，儘管後來領導層級普遍都已累得不成人形，無論是對自己、對建築、對世界都徹底失去信任。因此，當他們歡欣鼓舞於一千公里的城牆相連的時候，就被送到遙遠的遠方，在旅途中，他們會看見這裡或那裡聳立著城牆區段，經過較高級別的領導階層的駐營，被領導授贈榮譽勳章，聽見新的勞動大軍歡呼——這些人從各省遠道蜂擁而來——他們看見大片林木被砍下，作爲建造的鷹架，看見群山被鑿碎，作爲城牆的石頭，他們在神聖的宗教場所聽見虔信者的頌歌，祈禱建築順利完成。這所有的一切平息了他們的焦躁。他們在家鄉度過一些時日，安靜的生活使他們恢復元氣，眼見所有參與建造工程的人站在一起，人們帶著虔敬的態度聆聽他們的報告，安靜的平民百姓則相信有朝一日城牆將會竣工，凡此種種，都拉緊了靈魂的心弦。而後，他們就像永遠懷抱希望的孩子們那樣，與家鄉辭別，想再度投身這項人民事業的欲望，不可遏抑。他們提前動身，從家鄉出發，半個村莊的人們都來送別，陪他們走了好長一段路。行經的路上盡是人群與大大小小的旗幟，他們從來不曾見識過自己的國家竟是這樣遼闊、富裕、美麗與可愛。每個農民都是兄弟，我們爲他建造抵禦之牆，他則竭盡所能所有、終生感謝。統一！統一！彼此緊貼著胸膛，人民跳著輪舞，血液不再受困於體內貧瘠的循環，而能甜美地輪轉，而又循環往復於無垠的中國。

由此看來，分開建造的制度是可以理解的；不過，也許還有其他原因。我在這個問題上面思索許久，也就不算奇怪了，這是整個築牆工程的核心問題，在一開始的時候，卻顯得不甚重要。若我要把那個時代的思想與事件傳達出來並且說明清楚，那麼這個問題，我恰恰探究得不夠深入。

首先我們大概得說，當時所作出的功績，可以媲美巴別塔的建造，有關敬神的態度，至少從人類的角度看來，與建造工程有著天壤之別。之所以提到這件事，是因爲在建造的初期，有位學者寫了一本書，他在書中對兩者進行了細緻的比較。他試圖證明巴別塔的建造之所以未能竟其功，絕不是出於普遍公認的原因，或者，至少在這些已知的原因當中，最重要者不在其列。他的引據不僅有文書與報告，而是他也從事實地考察，並且從中發現建築的地基不穩，導致失敗。在這方面，我們的時代早已遠遠超越那早已逝去的時代。幾乎每個受過教育的同代人都學過砌牆，並且有能力打好地基。不過，這位學者一點也不想著重這方面的探討，而是宣稱萬里長城在人類歷史上，首度為新的巴別塔開創了堅實的基礎。也就是說，先有長城，才有巴別塔。這本書廣為傳布，但我承認自己到今天還是不甚明白，他是如何設想巴別塔的建造。萬里長城從來都不是圓形，而是頂多四分之一或者半圓的弧度，這樣憑什麼成為巴別塔的根基呢？他所指的恐怕只在精神層面。但是修建長城是為了什麼？它真實存在，是幾十萬人生命與努力的成果。為什麼要在作品中繪製巴別塔的草圖——當然是模糊不清的草圖——並且提出詳細的建議，告訴大家如何在這項嶄新大業之中集合人民的力量呢？

這本書只是一個例子——當時有許多人神智混亂，也許正因為大家有志一同，於是尋求聚合。人類本來就本質輕率，天生像揚起的灰塵，無法忍受枷鎖；

若是他給自己戴上枷鎖，他就會很快地開始扯開它，將圍牆、鎖鏈與自我，往四面八方撕碎。

領導階層在確定執行分開建造的時候，可能不是沒有考慮到這些甚至是與修建長城相違背的想法。我們——我大致以許多人的名義在此這樣說——好不容易讀懂了最高層級的命令，這個過程也讓我們認識了自己，並且體認到如果沒有領導階層，我們所學的智慧與人類理智，都不足用於這個巨大整體之中的微小職務。在領導階層工作的室內——我問了人，過去跟現在都沒人知道它在哪裡，誰坐在裡面——在這個室內，大抵盤旋著所有人類的想法與願望，另一端則盤旋著所有人類的目標與實現。神靈世界的光透過窗戶，照射在領導階層那雙繪製草圖的手上。

因此，擇善固執的觀察者不願理解，如果領導階層眞心想建造長城，可能也無法克服那些伴隨著建造一座相連的長城所出現的困難。所以結論只能是——領導階層刻意分開建造。然而，分開建造僅是一種權宜之計，並不符合實用目的。結論於是延伸下去——領導階層想做不符實用目的之事——多奇怪的結論！——確實，但是從另一方面來看，這麼做有其道理。今天談起這種事情，也許不再危險了。當時有許多人，甚至是最優秀的人，都謹守著祕密的原則——竭盡一己之力，去了解領導階層的命令，但那是有限度的了解，之後則是停止多加思索。這是一種理性的原則，後來人們時常以下面的事情作爲譬喻，並從中得到進一步的解釋——不是因爲思索對你有害，所以你停止多加思索；你完全無法確定，思索對你是有害的。在此，你完全沒辦法去談論有害或者無害。事情發生在你身上，一如它不知不覺地流進了春天的河流。河水漲潮，水勢漸強，更有力地滋養著長長堤岸上的陸地，它保有自己的本質，繼續流入大海，與大海的本質愈來愈相當，並且愈來愈受到它的歡迎。——對於領導階層的命令，思索就到這裡。——然而，河流一旦漫過了堤岸，就會失去它的輪廓與形態，原來應繼續往下流的速度就會減緩，並且試圖違背自己的天命，在內陸形成江湖、毀壞田野，它無能長久維持這樣的氾濫，而是又流回堤岸，甚至在接下來幾年的炎熱乾旱之中悲慘地枯竭了。——對於領導階層的命令，不要多加思索到這個地步。

針對修建長城進行這樣的譬喻，可能是非常準確的，對我現在的報告而言，至少適用性是非常有限的。我的研究僅是史學的調查；當時的閃電雷霆早已煙消雲散，因此我得以爲分開建造尋求一個比當時更加使人信服的解釋。我的思考能力有限，但是所欲涉獵的領域，卻廣大無邊。

城牆的修建，是爲了防禦誰呢？防禦北方民族。我來自中國東南方。那裡沒有北方民族的威脅。我們從古書當中讀到他們，由於天性使然，他們做出殘暴的行徑，我們在寧靜的涼亭中，不禁掩卷嘆息，從藝術家筆下的栩栩如生的畫面，我們看見一張張被詛咒的臉，他們齜牙裂嘴，下顎頂著尖尖的獠牙，眼睛斜睨著獵物，目露凶光卻刻意隱藏，獵物將被他們的嘴撕碎輾爛。小孩子不聽話，我們就給他們看這些畫，這時他們就會哭哭啼啼，跑上來抱我們。但是，有關這些北方民族的其他事情，我們就一概不知了，我們沒見過他們，如果一直待在自己的村莊，就永遠不會見到他們——就算他們騎著野馬，朝著我們馳騁追來；這個國家太大了，他們到不了我們這裡，他們會在曠野之中迷途。

情況既然如此，爲何我們還要離開家鄉，離開河流與橋梁，離開母親與父親，離開哭泣的妻子與需要教導的孩子，到遠方的城市去上學，而我們的思考已經來到更遠的北方的長城？爲什麼呢？問領導階層吧。他們知道我們。憂心忡忡的他們了解我們，知道我們懷有的小小技藝與行當，他們看見我們全家在低矮的茅屋中坐在一起，一家之主在晚間帶領家人所做的禱告，有時使人高興，有時使人厭惡。如果允許自己去思考領導階層的話，那我得說，依我之見，這樣的領導階層早就存在，他們並不跟著那種高級官員一起出現——從清晨的美夢中驚醒，急忙召開集會、匆匆決議，一到晚上，就擊鼓要求人民下床執行這些決議，即便只是張燈結綵、敬天祭神之事，用以感謝昨日天神對官員的庇佑，翌日燈籠的火才一熄滅，官員就在黑暗的角落毆打他們。相反地，領導階層自古以來就存在著，興建長城的決定亦然。無辜的北方民族以為是他們導致了這樣的決定，尊貴且無辜的皇帝以為那是他所授命。修建城牆的我們，知道事情並非如此，但我們不說。

修建城牆的時候，我就已經開始潛心研究比較民族史，直到今天這幾乎是我的專門——有些問題，某種程度上只能用這種方法來抽絲剝繭——我在研究中發現，我們中國人非常嚴明地設立了某些人民與國家的機構，其他的機構卻非常不明確。究其原因，尤其是後者的原因，使我樂此不疲，直到如今，而修建長城也屬於這些問題的重點之一。

如今，所有機構當中最不明確的，非帝國制度莫屬。當然，在北京，乃至皇室宮廷之中，是存在某些嚴明的，即使這樣的嚴明與其說它眞實，不如說是表面的；高等學堂的國家律法與歷史老師，聲稱自己已經研究過這些事，可以將這些知識繼續傳授給學生。學校的程度愈低落，想當然耳，學生就愈不會懷疑自己的知識不足，淺薄的知識高高堆起，只爲了留下幾句流傳千古的至理名言，雖說這些名言也不無道理，但在時代的迷霧之中，早已沒人懂得。

偏偏有關帝國制度的問題，依我之見，應當先問問人民的想法，畢竟帝國制度的最後支柱在於人民。在此我自然又只能說起我的家鄉。我們的所思所想，除了土地公與終年圍繞著祂的繁複祭祀之外，就只有皇帝了。不過我們想的並非當今聖上，相反地，如果我們認識他，或者對他的事情略知一二，那麼，也可以把他看作當今聖上。當然我們也總是致力於打聽凡此種種——那是唯一滿足我們好奇心的事。然而說來奇怪，幾乎不可能打聽到什麼東西——無論是遊歷四方的朝聖者、近處遠處的村莊，以及不只駛過我們的小河、也行經神聖大海的船夫——從他們的身上，什麼也打聽不到。我們聽他們說了許多，卻沒有可用之處。

我們的國家如此遼闊，沒有一個童話故事涵納它的廣闊，天空的幅員也不及它。北京僅是一個點，皇宮更僅是一小點。身爲這樣的皇帝，卻以世界之瓊樓玉宇自居高大。那位活生生的皇帝，跟我們一樣都是人，同我們一樣，躺在他的眠床上，那床儘管大器，相較之下卻依然窄小。他跟我們一樣，有時伸展四肢，累了就張開線條柔和的嘴巴打呵欠。在相隔數千里的南方，我們如何聽聞這些呢？我們居住之地，幾乎與西藏高原接壤。此外，就算有任何消息傳來，傳到我們這裡也已經太遲，早就變成舊聞。皇帝的四周擠滿了光鮮亮麗卻內心陰暗的朝臣，他們的勢力與帝國抗衡，總是費盡心思，想用毒箭將皇帝從權力的天平射落。帝國是不朽的，但是每個皇帝都會殞落、垮台，即便是整個朝代也終將覆滅，苟延殘喘地嚥下最後一口氣。人民永遠不會知道這些爭鬥與痛苦，他們就像遲來者、鄉巴佬，站在人群熙來攘往的巷尾，默默地以帶在身上的儲糧充飢，而前方遠處的市集廣場中央，他們的君主正被執行處決。

有個傳說精準地表達了這種關係。故事是這樣的，你這悲慘的臣民，你是微小的影子，在皇帝的太陽光照之下，逃到最遙遠的遠方，偏偏皇帝在駕崩之前，給你下了一道聖旨。他讓使者在床榻旁跪下，將旨意低聲告訴他；皇帝是如此看重這道聖旨，因而讓使者在他的耳畔覆述一次。他以點頭的方式確認覆述的內容是正確的。全體朝臣都在場目送皇帝的駕崩，所有的隔牆都被拆毀，綿延到天邊的露天石階上，帝國的重要人物圍成圓圈——皇帝在全部的這些人面前，差遣了那位使者。使者隨即整裝出發，他身強體壯、不知疲倦，他是個頂尖的泳將，手臂向前，忽焉在後，在人群中開路；遇到有人抵抗他，他就指著自己的胸膛，上面標誌著太陽。他健步如飛、輕而易舉，沒人比得上。只是人潮如此洶湧，他們的居所一望無際，要是現在有一塊空地敞開，他就會飛奔向前，很快地，你就會聽見他用拳頭敲打你家門的美妙聲音。然而，相反地，他費盡心力，不斷試圖擠出皇宮最深處的房間，卻是徒勞一場，他永遠無法掙脫，就算掙脫了，他還是輸了，他得沿著台階往下開路，就算成功了，他還是輸了，他得穿過三宮六院，三宮六院之後，還有緊密連接的第二幢宮殿，然後又是台階、三宮六院、宮殿，周而復始、穿越千年。要是他終於順利從最後一道門衝出去——然而這種事情永遠永遠不會發生——那麼，整座京城、那被底層宰渣所烘托、高高在上的世界的中心，便會就此橫亙在他面前。沒人能出得去，更別說是帶著死者的旨意給一個無名小卒了。而每到傍晚，你卻坐在窗邊，夢想著那旨意。

我們的人民正是如此懷抱希望卻又無望地看待皇帝。他不知道在位的是哪一位皇帝，就連自己置身哪個朝代也說不上來。在學校可以依年代先後學到許多朝代，然而，在這方面有普遍的不確定性，那感受之強，連最好的學生也深陷其中。早已死去的皇帝，在我們每個村莊之中依舊被尊崇爲帝，而那位只活在歌謠當中的皇帝，則在不久前發了一道詔書，由司祭在神壇前宣讀。我們歷史最悠久的戰役，現在才剛開打，鄰居帶著這個消息，興沖沖地奔進你家裡。皇帝的嬪妃們酒足飯飽，倚著絲綢錦緞的靠枕，她們疏遠舉止高貴的奸臣們，趨炎附勢、爭權奪利、縱情聲色、弊端百出；時間過得愈久，她們的惡行惡狀就愈是顯明——村裡的人大聲哀鳴，因爲他們聽聞了幾千年前，皇后如何大口啜飲著先王的血。

人民於是這樣對待過去的皇帝，卻將當今聖上與死人混爲一談。假如人生在世有那麼一回，宮廷朝臣來到本省訪察，並且意外來到我們的村莊，他以朝廷之名提出某些要求、審查賦稅字據、蒞臨學堂觀課，並詢問司祭我們的所作所爲，然後在登上轎子之前，在被趕到此地聚集的村民面前，將這一切歸納在訓誡大家的長篇大論之中。然後，每個人都微笑著，大家竊竊地望著彼此，或者對著孩子彎下腰，好讓自己不被朝臣注意。他們會想，這位朝臣怎麼會說起一個死人就像談論活人那般？那位皇上明明早就死了，朝代也覆滅了，那位朝臣是在嘲笑我們，但我們假裝看不見，免得讓他難受。不過，我們當眞只會效忠於當今聖上，否則就是罪過。朝臣的轎子匆匆離去，後面緊接著某個從崩毀的骨灰罈威武起身之人，他頓足而起，成爲村莊之主。

與此相似的是，我們這裡的人基本上很少受到國家變革與同時期戰爭的影響。在此我想起青年時期的一起事件。在與我們相鄰、卻還是很遠的一省，爆發了一次起義。原因我已經記不得了，在此也並不重要，在那裡，起義的原因每天都在發生，人民都很激動。有一回，起義者的傳單透過一名途經那一省的乞丐送到了我父親家。那天是節日，家中賓客滿堂，司祭坐於中央，他研讀傳單。一時間，大家哄堂大笑，傳單在人群中被撕碎。那名已然獲得豐厚獎賞的乞丐，就這麼被推趕出大門，大家一哄而散，各自開始美妙的一天。爲什麼呢？鄰省的方言跟我們大不相同，這種差異也展現在書面語言的某些形式上，對我們來說充滿古風。司祭才讀了兩頁這樣的東西，就已經心裡有數。老東西早就聽過了，難過的事情早已不放在心上。雖然從那位乞丐身上可以看出恐怖的生活——在我的記憶中似乎是如此——但是大家還是笑著搖頭，不肯多聽他說話。我們這邊的人就是這樣，早已準備好忘卻當下發生的事。

假如我們想從這些現象中看出端倪，得出其實我們根本沒有皇上的結論，這樣說，其實與事實也相去不遠。我必須一再地說——也許沒有比我們南方人更效忠皇上的人民了，可是這種效忠之情對皇上並沒有益處。儘管神聖的蟠龍刻在村口的小圓柱上，嘴裡忠心耿耿地吐出歷來便朝向北京的火焰，但是對這些村民而言，北京比來世陌生得多。難道眞有這麼一座村莊，房屋櫛比鱗次、覆蓋住田野，比我們站在山丘上望去的還要遠，無分晝夜，人們萬頭攢動，穿行於屋舍之間？比起想像這樣一座城市，不如相信北京與皇帝大抵是隨時代更迭、在太陽底下安靜神遊的浮雲一朵，這樣想反而容易得多。

這種想法帶來的後果，就是某種程度上自由不羈的生活，但絕不是傷風敗俗的那種。在我的旅途中，我幾乎不曾見過像我的家鄉那樣純潔的風俗。而這樣的生活卻是不受任何當今律法約束的，它只聽從古代流傳至今的訓誡。

我不願一概而論地宣稱，在我們這省成千上萬個村莊之中，甚至在中國五百個省分的情況皆是如此。但我也許可以根據許多我讀過的有關此事的文章，以及自身的觀察——特別在修建城牆的時候，人類這樣的一種介質，賦予了感受者一個機會，得以在來自幾乎所有省分的靈魂中遨遊——有鑑於凡此種種，我也許可以說，時下風行於各地的對於皇帝的看法，在某種程度上，往往與我家鄉的看法如出一轍。無論如何，我並不願意將這樣的看法認定爲一種美德，而是恰恰相反。雖然這種看法的產生，主要還是歸咎於朝廷，在這個地球上最古老的帝國，它迄今都無能，或因爲忙於其他事務而疏於建構一個制度分明的帝國機構，使得朝廷在帝國最遙遠的邊疆也能進行不間斷的直接控制。另一方面，人民在想像與信仰的力量當中也存在弱點，導致他們無能將帝國從北京的幻夢當中眞實且活生生地拉過來，放在帝國臣民的胸前；臣民所夢想的，唯有去感受並且貪圖那僅僅一回的碰觸。

因此這樣的看法大概不算是一種美德。更顯明的是，這樣的弱點似乎正好是統一我們人民最重要的手段之一，如果允許我們大膽地說，它正是我們賴以維生的土壤。若要悉心指謫，所撼動的並不是我們的良心，而是我們的雙足，這樣是更令人氣憤的。因此，眼下我並不想針對此一問題深入探究。

本文選自《八開本筆記》中的D冊，草稿完成於一九一七年三月。一九三〇年首度發表於德國猶太文學雙月刊《早晨》（*Der Morgen*，一九二五—一九三八年）。一九三一年，馬克斯·布羅德為卡夫卡編選出版的遺稿集，即以本篇篇名作為書名——《中國長城建造時：卡夫卡遺稿集》（*Beim Bau der Chinesischen Mauer. Ungedruckte Erzählungen und Prosa aus dem Nachlaß*，一九三一年）。

一隻雜種

我擁有一隻奇特的動物，既像小貓，又像羔羊。牠是我父親遺留給我的，但卻是在我的豢養之下，才長成這樣，從前牠像羔羊多過小貓，如今則是兩者兼具。牠的頭與爪子像貓，體型與身軀則像羔羊，眼睛兩者都像，它們溫和且閃爍，毛皮兩者都像，它們柔軟服貼，動作兩者皆像，集跳躍與爬行於一身，在陽光照耀下，牠在窗檯上蜷縮成圓形，發出呼嚕呼嚕的聲音，牠在草地上快活地奔跑，根本難以捕捉；牠見到貓咪就逃開，見到羔羊就想襲擊，月夜裡，屋簷是牠最喜愛的路。牠不會喵喵叫，見到老鼠就討厭，牠會躺在雞舍旁窺伺好幾個鐘頭，卻從來不曾利用任何一次機會伺機謀殺。我餵牠喝甜牛奶，牠享受極了，大口吸吮著，牛奶穿過食肉動物的牙齒，流入牠的身體。當然，這也是孩子們愛看的一場大戲。星期天上午是拜訪的時刻，我抱著這隻小動物在懷中，左鄰右舍的孩子們都圍在我身邊。這時，他們會拋出最奇怪的、沒人答得出的問題。這方面我也不花心思，只盡我所能地回答，而不多做解釋。有時候，孩子們帶著小貓過來，有一次甚至帶了兩隻羔羊，結果並不如預期，動物們互不相認，牠們安靜地用眼睛盯著彼此，顯然將雙方的存在當作上帝造成的事實，並予以接受。

這隻小動物在我的懷中既不害怕，也沒有追捕的欲望。牠依偎著我，覺得再舒服不過。牠堅定地守在把牠養大的家庭。那大抵不是任意一種奇特的忠心，而是動物眞正的本能；牠在世上儘管有無數的親緣，卻也許沒有一個血親在牠的近旁，也因此，當牠在我們這裡找到了保護，便覺得這樣的保護於牠是神聖的。有時候，牠圍著我嗅聞，在我的腿間穿梭，一點也不願意離開我，這時我不禁笑起來。牠不滿於當羔羊與小貓，現在幾乎也想當一隻小狗了。當然，我認眞地覺得這當中有相似之處。牠的心中有兩種不安，一種是小貓的，一種是羔羊的，兩種不安多麼相異。因此牠感到自己的皮膚太緊繃了。或許屠夫的刀對動物而言是種拯救，可是，牠作爲遺留給我的遺產，我就是不同意給牠這種拯救。

本文選自《八開本筆記》中的D冊。寫於一九一七年三、四月間。篇名〈一隻雜種〉（Eine Kreuzung）為卡夫卡本人自訂，一九三一年首度出版。

鄰居

我一肩扛起生意上的事務。在前廳的兩位小姐與打字機及帳簿爲伍，我的辦公室則有書桌、錢箱、會客桌、小沙發與電話，這是我全部的工作設施。一目了然，如此方便。我很年輕，生意源源不斷地來，我無可抱怨。我無可抱怨。

自從新年以來，一名年輕人很快地租走了隔壁空著的小公寓，都怪我當時猶豫太久、沒有租下。那間公寓也是一個房間外加前廳，而且外加廚房。房間與前廳我是用得上，我那兩位小姐已經有時感到工作太吃重——但是，廚房對我有何用處？都怪這吹毛求疵的顧慮，讓我眼睜睜看著房子被搶走了。現在，這個年輕人坐在那裡。他的名字叫哈拉斯。他究竟在裡面做些什麼，我並不知道。門口只掛著「哈拉斯辦公室」。我向人打聽，人家說他的生意跟我的很接近，如果要貸款給他，其實不用太擔心，因爲他是個力爭上游的年輕人，他的事業也許是有前途的，但是也不能就這樣建議他貸款，因爲就目前的跡象而言，他應該沒有多少財產。當大家一無所知的時候，就會把這種話搬出來。

有時候我會在樓梯間遇到哈拉斯，他總是異常忙碌地在我身邊一閃而過，我甚至沒能來得及看見他，他的手中早已備好辦公室鑰匙，轉眼間他打開門，像老鼠尾巴那般溜了進去，而我則又站在「哈拉斯辦公室」的門牌前，它明明不值得我看這麼多次。

那面薄得可憐的牆，出賣了勤懇工作的君子，卻掩護著詐欺之徒。我的電話裝在辦公室的牆面上，那面牆隔開了我與鄰居，而我之所以強調它，僅是因爲這件事情格外諷刺。就算把電話裝在對面的牆上，隔壁的聲音也還是聽得一清二楚。我已經戒掉了在電話中提及顧客姓名的習慣，但是根本也不用多精明，就可以從談話中那些明顯又無可避免的用詞猜出對方的名字。有時候，我急得跳腳，話筒貼著耳朵，心煩意亂，腳尖頂著電話，終究無可避免地洩漏了祕密。

講電話的時候，我在生意上當然更無法安心做決定了，我的聲音會顫抖。當我講電話時，哈拉斯在做什麼呢？如果我誇張地說——爲了弄清楚狀況，時常得這麼做——那麼我可以說，哈拉斯不需要電話，他使用我的電話，他把自己的長沙發推到牆邊偷聽，我則相反，鈴聲一響我就奔往電話，接受顧客的需求，做出重大的決定，大量地說服，尤其是在進行這整件事情的時候，不知不覺地也將消息透過牆壁傳給了哈拉斯。

也許不用等到我把電話講完，而是聽到一半，他就了解了事情的來龍去脈，於是馬上起身，一如往常地悄聲溜進城，在我還沒掛上電話的時候，他就已經開始密謀對抗我了。

本文選自《八開本筆記》中的F冊。寫於一九一七年，一九三一年首度出版。標題〈鄰居〉（Der Nachbar）為馬克斯．布羅德所加。

一場日常的混亂

一個日常的事件；忍受它就是一種日常的英雄主義——甲跟來自乙村的丙要簽訂一筆重要的生意。他爲了事先開會來到乙村，來回各花了十分鐘，並且在家中吹噓這種神速。第二天，他又去了乙村，這次是爲了正式簽約；因爲這次預計要花上好幾個鐘頭，甲於是一大清早就出發了。儘管如此，至少根據甲的看法，所有的情況跟前一天完全相同，這次他前往乙村卻需要十個鐘頭。當他晚上疲憊不堪地抵達時，人家告訴他，丙因爲他無故消失非常生氣，半小時前已經動身前往甲的村子了；他們應該在路上相遇才對。大家勸甲留下來等，可是甲卻擔心生意，於是馬上啟程，趕路回家。

這次，他沒有多加注意，一溜煙就回到家了。他從家人那裡得知，丙一早就已經到了，而且是在甲還沒離開之前，對，他在大門口遇見了甲，還跟他提起生意的事，但是甲說他沒空，他得儘速離開。

儘管甲的行徑令人費解，丙還是留在這裡等甲回來。雖然他時常詢問甲是否已經回來，卻依然在樓上的甲的房間裡等著。在得知自己還可以跟丙說話，並且跟他解釋一切之後，甲非常高興地爬上樓。幾乎登上樓的那一刻，他摔了一跤，腳筋扭傷，痛得快昏過去，他甚至沒有能力喊出聲，只能在黑暗中哀鳴。這時，他聽見、看見了丙，不清楚是在遠處還是近旁，丙憤怒地頓足下樓，就此消失了。

本文選自《八開本筆記》中的G冊。寫於一九一七年十月。一九三一年首度出版於馬克斯・布羅德為卡夫卡編選出版的遺稿集《中國長城建造時：卡夫卡遺稿集》。標題〈一場日常的混亂〉（Eine alltägliche Verwirrung）為馬克斯・布羅德所加。

關於桑丘・潘薩的眞相

桑丘・潘薩[3]，他從未自吹自擂，說他這些年來在晚上與夜晚的時光中，透過許多騎士故事與綠林小說，轉移了他心中對魔鬼的注意——他後來稱這位魔鬼爲唐吉軻德。也因爲如此，這位魔鬼毫無節制地做出了最瘋狂的事，不過這些事情少了預定針對的對象——那人本該是桑丘・潘薩——所以也就沒有傷害任何人。桑丘・潘薩，這個自由的人，也許是因爲某種責任感，他冷靜地跟隨唐吉軻德南來北往，直到死去之前，他獲得了許多樂趣，獲益良多。

3 桑丘・潘薩（Sancho Panza）爲西班牙作家塞凡提斯（Miguel de Cervantes Saavedra，一五四七—一六一六年）的小說《唐吉訶德》（*Don Quijote de la Mancha*，一六〇五／一六一五年）的虛構人物，爲主角唐吉訶德的忠實侍從。

本文選自《八開本筆記》中的G冊。寫於一九一七年，首度出版於一九三一年。標題〈關於桑丘・潘薩的真相〉（Die Wahrheit über Sancho Pansa）為馬克斯・布羅德所加。

塞壬的沉默

以下的例子可以證明，不完備、甚至是幼稚的方法，也能夠作爲拯救。

爲了免於受到海妖塞壬[4]的侵擾，奧德賽用蠟塞進自己的耳朵，讓自己被銬在桅杆之上。歷來所有的旅行者當然也可以用類似的方法（大老遠就被塞壬所吸引的人除外），但是全世界的人都知道，這麼做根本是於事無補的。塞壬的歌聲可以穿透一切，甚至是蠟，受到誘惑的人，他們迸發的熱情，遠遠足以掙脫鎖鏈與桅杆。如今，奧德賽卻不這麼想，儘管奧德賽也許聽過這些。他徹底信任手上的蠟與那一捆鎖鏈，往塞壬的方向航行，因著這些小配備而感到天眞的愉悅。

然而，海妖塞壬還有一個比歌唱更可怕的武器，那就是她們的沉默。儘管這

4　塞壬（Sirene）爲希臘神話中的海妖，常以誘人之歌聲使航行經過的水手失神，導致船隻觸礁沉沒。

樣的事情沒有發生過，但也許可以想像——有的人就算躲過了她們的歌聲，卻肯定無能躲過她們的沉默。感覺自己可以獨力戰勝她們，並且因此衍生出可以橫掃一切的自負，是塵世的一切所無法抵擋的感受。

當奧德賽來了，這些強大的女歌手們果眞沒有唱歌，也許她們以爲，只有沉默才能對付這個敵手，也許還因爲，她們見到奧德賽滿臉喜悅，一心只想著蠟與鎖鏈，所以就忘了歌唱

然而，我們這樣說吧，奧德賽並沒有聽見她們的沉默，他以爲她們在唱歌，而只有他受到保護而免於聽見。他先是匆匆瞥見她們轉動脖子、深呼吸、充滿淚光的眼睛、微啟的唇，他以爲那是伴隨詠嘆調而來的，以爲那歌聲圍繞著他響起，而他沒有聽見。很快地，他眼中的一切消失在遠方，塞壬在他面前徹底消失，當他最靠近她們的時候，卻對她們的存在變得渾然不覺。

這時，她們比任何時候更加美麗，伸展旋轉著，讓可怕的頭髮迎風吹拂，她

們張開爪子，放在岩石上，她們不想再誘惑人，只想久久注視奧德賽那雙大眼睛所折射的光。

如果海妖塞壬有意識，她們當時就會被毀滅，但是她們留存至今，只有奧德賽成功地從她們身邊逃脫了。

順道一提，對此還流傳了一段補遺。他們說奧德賽老謀深算，是隻老狐狸，就連命運女神也無法侵入他的內心。也許他眞的察覺到海妖塞壬的沉默——儘管這麼做，憑藉人類理智還是難以理解——接著便以上面的方法作爲掩護，權充盾牌，用以對抗她們與諸神。

本文選自《八開本筆記》中的G冊。寫於一九一七年，首度出版於一九三一年。標題〈塞壬的沉默〉（Das Schweigen der Sirenen）為馬克斯・布羅德所加。

普羅米修斯

傳說試圖去解釋不可解釋的事物；由於它以眞理爲基，必定又終於不可解釋。

有四個傳說提到了普羅米修斯[5]。根據第一個傳說，他因爲人類的事端背叛了諸神，所以被銬在高加索山上，而諸神則派遣老鷹去啄食他不斷再生的肝臟。

根據第二個傳說，普羅米修斯因爲不堪被啄食之痛，於是在岩石上愈陷愈深，終至合而爲一。

根據第三個傳說，幾千年後，他的背叛已被遺忘，諸神忘了，老鷹也是，他自己也一樣。

根據第四個傳說，對於這種毫無論據的東西，大家早已厭倦。諸神厭倦，老鷹也是。傷口厭倦地癒合了。

留下來的，是那座不可解釋的岩石山。

本文選自《八開本筆記》中的G冊。寫於一九一八年，首度出版於一九三一年。德語標題為「Prometheus」。

5 普羅米修斯（Prometheus）爲希臘神話中的人物，泰坦神族（Titan）中的一名巨人，曾與智慧女神雅典娜共同創造人類，並賦予他們知識。祂從衆神那裡盜取火種，交給人類，因而被宙斯懲罰。

箴言錄

對罪惡、困厄、希望，以及真實道路的觀察

1. 眞實的道路並不透過在高處的一條繃緊的繩索之上，卻是緊貼在地面之上。它看似更多地供人絆倒，而非供人行走。

2. 所有人類的錯誤在於急躁，過早地將規矩打破，以虛假的圍欄圈住虛假的事物。

3. 人類有兩大罪惡——急躁與懶散——並由此生出其他的罪惡。由於急躁，人類從天堂被驅逐出來，由於懶散，人類並未回去那裡。不過，也許只有一大罪惡——急躁。因爲急躁，他們被驅逐；因爲急躁，他們沒有歸路。[6]

4. 許多逝者的幽魂只忙著舔舐冥河的潮水，因爲那條河從我們這裡流出去，並且有海的鹹味。河水因爲厭惡，於是起而反抗，它的潮水逆流，將死者推回他們的生活。死者卻非常高興，唱著感恩的歌曲，一邊撫摸憤怒的冥河。

5. 從某一點開始，就沒有回頭路了。這個點是可以抵達的。

6. 人類發展之路的決定性時刻，是永久的。因此，宣告舊時一切無意義的那種革命性的精神運動，是言之有理的，因爲迄今什麼都尚未發生過。[6]

7. 惡魔最有效的誘惑手段，就是宣戰。就像最後結束在床上的跟女人的戰鬥。[7]

8. （8/9）

9. 一隻發臭的母狗，有一窩孩子，已顯出疲態，但牠卻是我童年時的全部；牠忠實地跟著我，我從來無法出手打牠，卻畏懼牠的呼吸，慢慢地退避；若我沒打算做其他事，牠就會把我擠到近處可見的牆角，攀在我身上，整個人與

6 本段落在手稿以鉛筆劃除。

7 本段落在手稿以鉛筆劃除。

我一同腐朽，直到生命終結。這是對我的恭維嗎？——牠舌頭上的膿與瘡，正舔在我的手上。

10. 甲是個非常傲慢的人，他自認爲行善遠多過他人，因爲他顯然以爲自己是個愈來愈吸引人的對象，並且感覺受到愈來愈多的誘惑，那些誘惑，是來自於他始終陌生的各方面。正確的解釋是卻是，一個巨大的魔鬼在他的身體裡占有一席之地，接著，無數的小魔鬼湧上來，爲這位巨大的魔鬼服事。

11. （11／12）

12. 觀點的不同，大概可以從對一顆蘋果的看法發現端倪——小男孩的觀點，他必須伸長脖子，才能好不容易看見桌上的蘋果；一家之主的觀點，他拿起蘋果，自在地拿給同桌的人。

13. 開始學會體認的第一個標誌，就是期望死亡。這場人生似乎無法忍受，另一場人生無法抵達。人們不再因爲想死而羞愧，他們請求從一個他們憎恨的老囚房，被送到另一個新囚房，在那裡，他們才要開始學會憎恨。同時他們保有剩餘的一點信念，在運輸的過程中，主人偶然穿過通道而來，他看著囚徒，說：「你們就別再把他關起來了。他正往我這裡走來。」

14. 假如你想行穿平原，你有行走的意志，卻往後退，那會是一件絕望的事；因爲你正在攀越陡峭的山坡，它如此陡峭，一如你從底下往上看那樣；讓你往後退的原因，可能只是地形所致，你不必絕望。[8]

15. 好比秋天的一條道路——還沒掃乾淨，枯葉又遮蓋了。

16. 一個籠子尋找一隻鳥。

17. 我未曾到過此地——呼吸與其他地方不同，一顆星星在太陽旁邊閃爍，比太陽更加耀眼。

8 本段落在手稿以鉛筆劃除。

18. 如果可能的話，建造一座巴別塔，卻不必登上它，這樣就有可能被允許。

19. 別試圖讓壞人使你以爲，你可以對他懷有祕密。

20. 豹闖入了寺廟，喝乾了祭壇上的酒瓶；這件事情不斷發生，終於成爲人們料想之事，也就成爲了儀式的一部分。

21. 就像手緊握著石頭。她緊握著它，只爲了能將它拋得更遠。但是就算那麼遠，也會有一條路。

22. 你是作業，方圓百里卻沒有學生。

23. 從眞正的敵手那裡，你的身體會生出無邊的勇氣。

24. 理解這份幸福——你所立之地，不過是雙足覆蓋的範圍罷了。

25. 除非是逃到了這世界，否則人們如何爲了世界而感到高興？

26. 藏身之處多得難以計數，拯救卻只有一回，不過，拯救的可能性又跟藏身之處一樣多。[9]

有一個目標，卻沒有路；被我們稱之爲路的，正是躊躇。

27. 做消極的事是一種強迫；積極的事情，早已交付給我們了。

28. 當人們接納了壞人，壞人就不再要求人們相信他了。

29. 使你接納壞人的那種隱藏的意念，並非來自於你，而是來自壞人。

動物奪走主人的皮鞭，然後鞭打自己，想成爲主人，牠卻不知道那只是因爲主人皮鞭上新打的一個結所招致的一場幻想。

30. 良善在某種意義上，是令人絕望的。[10]

31. 我並不追求自我控制。自我控制的意思就是——在我精神存在的無盡魅力當中，想在任意某個位置發揮效用。然而，如果我必須在我的周圍畫出這些圈圈，那麼我最好什麼也不做，只是瞪著這可怕的巨大物體，這樣的張望，竟

9 本段落在手稿以鉛筆劃除。

10 本段落在手稿以鉛筆劃除。

也生出力量，而我只帶著這些力量回家去。

32. 烏鴉們堅稱，只要一隻烏鴉，就可以把天空摧毀。這是不用懷疑的，對於天空來說，卻什麼也證明不了，因爲天空意味著——烏鴉的無能爲力。

33. 殉道者並不低估軀體，他們讓軀體提升到十字架上，對此，他們與敵人的想法一致。

34. 他的疲勞是古羅馬鬥士在比武之後的那種，他的工作就是把公務員辦公室的牆角刷成白色。

35. 沒有擁有，只有存在，只有最後一口氣之後的存在，渴望窒息的存在。

36. 從前我不明白，爲何我提出問題卻得不到回答，如今我則不明白自己怎麼會相信可以提出問題。但我從來沒有相信，我只是提問。

37. 對於他也許擁有的這個說法，其實不然。對此，他的回應只有顫抖與心悸。

38. 有人驚訝於他如何能這樣輕鬆地走上永恆之路；他其實只是往下奔去。

39. 對付壞人不能分期付款——可是大家卻前仆後繼地這麼做。可以想像亞歷山大大帝儘管年輕時戰功連連，儘管他的軍隊優秀、訓練有素，儘管因應世界的變化，他的心中產生了力量，在赫勒斯朋海峽，他還是停了下來，從不願意跨越它，儘管不是因爲害怕，不是因爲躊躇，不是因爲意志不堅，而是因爲大地的沉重。

39a 路是無盡的，路途無法削減也無法增加，只是每個人都用孩子般的尺規丈量它。「就算是這段路程，你也得走完，它會使你覺得難忘。」

40. 只有我們的時間概念讓我們稱它爲最後審判，其實它是緊急狀態的律令。[11]

41. 世界不均的局勢看似只是數字方面的問題，這點頗令人安慰。[12]

42. 把充滿厭惡與仇恨的頭垂在胸前。

11 本段落在手稿以鉛筆劃除。

12 本段落在手稿以鉛筆劃除。

43. 獵犬還在庭院裡玩耍，但是獵物還是躲不掉，牠已經奔跑穿過了森林。

44. 爲了這個世界，你多麼可笑地給自己套上了馬具。

45. 如果你勒緊愈多馬，就會跑得更快——並不是將地基的建築拉開，而是把韁繩拉斷，好讓自己無拘束地開心前行。

46. 「存在」一詞在德語當中有兩個意思——「此在」與「屬於他」。

47. 他們可以選擇成爲國王或者國王的使者。基於孩子的想法，他們大家都想當使者。因此有許多的使者，他們在世界穿梭，由於沒有國王，因而對彼此喊出了無意義的消息。他們想終結悲慘的生活，卻因爲曾經的就職宣誓，而不敢這麼做。

48. 相信進步並不代表相信進步已經發生。這樣的話不算信仰。

49. 甲的技藝超群，天空是他的見證人。

50. 人類的內心如果沒有抱持著對某種不可摧毀的東西持續的信賴，他就無法活下去，而且不管是不可摧毀的東西，還是信賴這件事，都是持續隱藏在他心中的。這種隱藏式的存在，有其中一種表達方式，那就是信仰自己的一位上帝。[13]

51. 蛇的調解是需要的——凶惡可以誘拐人類，卻無法變成人。

52. 在你與世界的戰鬥中，你要協助世界。

53. 人不可以欺騙任何人，也不可以跟世界騙取勝利。

54. 唯有精神的世界，此外別無其他；我們稱之爲感官的世界，就是精神世界裡面的惡魔，我們稱之爲惡魔的，不過是我們永恆的發展當中那一瞬間的必然。用最強的光，可以使世界消解。在虛弱的雙眼面前，世界會變得堅固，在更弱的眼睛面前，它會現出拳頭，在更弱的眼睛面前，它會感到羞恥，並且把

13 本段落在手稿以鉛筆劃除。

敢於直視它的人擊碎。

55. 一切都是欺騙——尋求最小規模的欺騙，停留在平常的狀態，尋求最大規模的欺騙。第一種情況是，人們欺善，方法是想辦法輕易贏得善；人們欺惡，方法是給惡設定極為不利的戰鬥條件。第二種情況是，人們欺善，方法是在塵世間從不追求善。第三種情況是，人們欺善，方法是盡可能遠離善；人們欺惡，方法是希望透過惡的高升，從而讓它物極必反、失去力量。看來寧可用第二種情況，因為人總是欺善，而且在這種情況下，看來至少他們不欺惡。

56. 有些問題，假如我們天生無法擺脫它們，那麼勢將無法迴避。

57. 語言只能用於暗示感官世界之外的一切，卻不能用於描述相對接近的狀態，因為與感官世界相符的是，語言涉及了占有與占有的關係。

58. 人們只有在盡量少說謊的時候，才會盡可能少地說謊，而不是在說謊的機會盡可能少的時候。14

59. 樓梯的一階並未因爲衆人的踩踏而深深凹陷，從自身看來，不過是木頭寂寥地拼湊而已。[15]

60. 對世界斷念的人，一定是愛著所有人類的人，因爲他也對這些人的世界斷念。從此他開始去感知眞正的人類本質——只能被愛的本質——前提是彼此的本質相當。

61. 在世界上有利他愛的人，與世上的利己者相較，並沒有誰是誰非。問題只在於前者是否可能。[16]

62. 事實是，只有一個精神世界，其他的東西都不存在——我們的希望於是被剝奪，但也獲得確信。

14 本段落在手稿以鉛筆劃除。
15 本段落在手稿以鉛筆劃除。
16 本段落在手稿以鉛筆劃除。

63. 我們的藝術是被眞實所蒙蔽的存在，照在畏縮的鬼臉上的光是眞的，其他都不是。

64. 從天堂被驅逐，這件事情的本質是永恆的——儘管被逐出天堂是永久的，無可避免地要生活在這世界，無論置身此地的我們知不知道，這樣的過程的永恆性，依然使我們不僅可能一直留在天堂，而且是眞正地留在那裡。

65. （原稿無65）

66. 他是地球上一名受到保障的自由公民，因爲他被一條鎖鏈拴住。這條鎖鏈很長，足夠讓他在塵世的所有空間移動。但它的長度也就是這樣，使他無能逸出地球的邊界。同時，他也是一名天堂裡受到保障的自由公民，因爲他也被一條天堂的鎖鏈拴住，兩條鎖鏈非常地像。他如果想到地球來，脖子上的天堂鎖鏈就會拉住他。他如果想到天堂去，地球的鎖鏈就開始控制了。儘管如此，他還是擁有各種的可能，他感覺到它，甚至拒絕將這一切追溯到第一次被拴住的錯誤。

67. 他追著事實跑，像一名溜冰的初學者，反正哪裡禁止溜冰，他就去那邊練習。

68. 有什麼比信仰一個家神更令人高興呢？

69. 理論上，一個完全幸福的狀態是可能的——在內心信仰那份堅不可摧的堅定，並且不去追求它。

70. 堅不可摧的堅定是一種東西；每個人都是它，同時它也是大家共有的。因此才有那空前絕後、無法分離的人類關係。

71. （70／71）

72. 在同一個人身上，對於同樣一種客體會有完全不同的認知，是故可以推論得知，在同一個人身上，有著不同的主體。[17]

17 本段落在手稿以鉛筆劃除。

73. 他吃著桌上的殘羹，儘管這樣，他會在一時半刻顯得比其他人飽足，卻也忘了怎麼好好在桌子上吃飯；不過，這樣一來，殘羹也愈來愈少。

74. 如果在天堂應該被摧毀的東西是可以被摧毀的，那麼就不是關鍵的事物；要是它無法被摧毀，那麼我們就是活在虛假的信仰中了。

75. 考驗你的人性吧！人性使懷疑的人充滿懷疑，使信仰的人充滿相信。[18]

76. 這感覺就是：「我不會在這裡下錨。」說完馬上感受到周遭起伏的潮水。

一場驟變。答案匍匐著，跟在問題後面，它窺伺、它擔憂，並且滿懷希望，它絕望地尋索著那張不可親近的臉，跟隨它前往最無意義的未來，也就是儘可能遠離答案的路途。

77. 與人類的往來交通，將誘使人自我觀察。

78. 精神唯有停止成爲支柱，它才是自由的。

79. 感官之愛蒙蔽了天堂之愛。它無法獨力做到如此，但是它無意識地擁有著天堂之愛的特質，所以它做得到。

80. 眞理無法分割，因而無法認識自己。如果有人要認識它，那一定是在說謊。

81. 沒有人可以要求得到最後會傷害自己的東西。在某些人身上，確實有這樣的現象，也許一直都是這樣，這點可以透過如下得到解釋——某人向他人索要某個東西，雖然它對這個某人有益處，對於被拉進來評判此事的另一個人來說，卻是有害的。要是這個人不在評判的時候，而是打從一開始就站在第二個某人那一邊，那麼，第一個某人就會連同他的要求一起消逝了。

82. 我們爲何要爲了原罪而抱怨？我們並不是因爲原罪的關係而被逐出天堂，而是因爲生命之樹，以免我們不會去吃它的果實。

83. 我們有罪，原因不只是因爲我們吃了知識之樹的果實，也還因爲我們尚未吃

18 本段落在手稿以鉛筆劃除。

到生命之樹的果實。有罪的，是我們所處的狀態，而與罪惡無關。

84. 爲了在天堂生活，我們被創造出來。天堂是用來服務我們的。我們的天命被改變了；至於那是否因爲天堂的使命而發生，就不得而知了。

85. 惡是人類意識在特定的過渡狀態中的一種釋放。事實上，感官的世界並非外在之表象，而是感官世界之惡，在我們的眼睛裡組構了感官世界。

86. 自從犯了原罪以後，我們在認知善與惡的能力本質上是一樣的。儘管如此，我們正是在此尋找自身特別的優越性。但是，只有在這種認知的彼岸，才會開始產生眞正的差異。相反的表象，是透過如下的方式所招致——沒有人會僅僅滿足於認知，而是應該要致力於適切地應用它。然而，他並沒有被賦予力量去做這件事，因此他必須毀滅自己，往危險的地方去，甚至無法得到最必要的力量，但是，他只能進行這最後的嘗試，而沒有其他選擇了。（這也是禁止吃知識之樹的果實所意味的死亡威脅，也許這也是自然死亡最原初的意義。）他畏懼這樣的嘗試；他寧可還原並且除去對於善與惡的認知（「原罪」這個名稱源自於恐懼）。可是已經發生的事情是無法被還原的，它只會變得更加混亂。爲了這個目的，動機就產生了。整個世界充滿了各式各樣的動機，是的，整個可見的世界也許就是一個動機——人類渴望安靜片刻時的動機——除此之外，什麼都不是。那是一種僞造認知的嘗試，好讓認知成爲目標。

87. 信仰就像斷頭台，那麼重、那麼輕。

88. 死亡在我們面前，一如學校教室牆壁掛著一幅亞歷山大戰役的畫。就看我們如何透過此生的行動，使它變得黯淡，或是完全消滅它。

89. （原稿無89）

90. 有兩種可能——讓自己無限渺小，或是維持現狀。前者是完成，也就是無所事事，後者是開始，也就是作爲。

91. 避免用詞錯誤——需要透過行動而被摧毀之物，一定是在此前被牢牢抓住的。自行碎裂的東西，卻是無法被摧毀的。

92. 最初的神祇崇拜一定是因爲對物恐懼，但是與之相關聯的，是對物的必要性的恐懼，以及對物的責任感的恐懼。這份責任貌似大得可怕，導致人們不敢將之託付給人類以外的其他生物。因爲就算透過生物的中介，人類的責任也無法有效地被減輕。跟一種生物往來的話，也會因此沾染了過多的責任，因此，人們讓萬物各負己責，或者更多地——讓萬物爲人類負相應的責任。

93. 最後一次的心理學！[19]

94. 生命開端的兩種任務——不斷地愈來愈限縮自己的圈子，並且再三查驗自己是否沒有躲藏在圈子之外的某處。

95. 有時，惡在手中好比一個工具，端看你是否看出來；如果人們想，就可以毫無異議地將它放在一旁。[20]

96. 此生的快樂並非生命本身的樂趣，而是我們害怕自己昇華到更高的生命；此生的折磨並非生命的折磨，而是我們因種種恐懼而產生的自我折磨。

97. 只有在這裡，痛苦才是痛苦。並不是在這裡受苦的人，因爲他的苦難而應該在其他某處被提升，而應該是，在這個世界上，那稱之爲痛苦的，在另一個世界——痛苦並未變化，只是擺脫了它的對立物——於是就是幸福。

98. 對於宇宙無盡廣袤與豐盈的想像，是費盡千辛萬苦的創造與自由的自我思索，兩者高度混和的結果。

99. 有多少想法，是比無比堅信我們現下身處原罪境地更令人沮喪的，譬如那最虛弱的想法——亦即塵世中曾有的永恆辯解。第二種想法非常純粹，它完全包容了第一種想法，唯有忍受第二種想法的力量，才是信仰的尺規。

19 本段落在手稿以鉛筆劃除。
20 本段落在手稿以鉛筆劃除。

有些人假定，在那些原初的大騙局之外，無論如何還有一些針對他們而來的特別的小騙局，好比如果舞台上演了一場愛情戲，女演員除了給她情人失落的微笑之外，也還給最遠頂層樓座的某位觀衆一個隱祕的微笑。這樣就太過頭了。

100. 也許存在著關於魔鬼的知識，但卻沒有信仰，因爲比這裡更魔鬼的東西並不存在。

101. 罪惡總是公開出現，並且馬上被感官知曉。它們其來有自，但不一定要被拔除。[21]

102. 我們所遭受的一切痛苦，也是我們必要遭受的。我們大家並非只有一個軀體，但卻只有一次的成長，它使我們經歷一切傷痛，無論是這樣還是那樣的形式。就像孩童的發展，歷經生命所有階段，終至老死（基本上，每個階段對於先前的階段而言，都顯得不可企及——無論人們渴望或者害怕。）同樣地，我們也是透過世界上的種種痛苦來發展我們自己（與人類聯繫的深度不亞於與我們自身）。公義在這樣的脈絡下並不占有位置，然而，對苦難的恐懼或者對苦難的解釋，也一樣不算是一種功績。

103. 你可以從世界的痛苦當中退縮，這是你的自由，並且符合你的天性，但也許正是這樣的退縮，成爲了你唯一的痛苦——而你是可以避開它的。

104. 人類有自由意志，而且有如下三種——

首先，當他想投胎到這輩子的時候，那時的他是自由的；現在他再也沒辦法回復到原來的樣子了，因爲他不再是那個當時懷著想要的那個人，因爲他以活著來實踐他當時的意志。

第二，他是自由的，因爲他可以選擇這輩子的道路與步伐。

21 本段落在手稿以鉛筆劃除。

第三，他是自由的，因爲他就是那懷抱想成就某事意志的人，他在各種條件下通過人生考驗，用這樣的方式回歸自我，儘管他所在的道路是可選擇的，無論如何卻複雜如迷宮，致使他無法讓此生不受髒汙之染。這就是所謂三種自由意志，不過，因爲它們同時存在，所以它們也是一種，基本上就是一種，也因此所謂一個意志並不占有一席之地，無論那是自由或者不自由的意志。

105.

這世界引誘我們的方法，以及擔保這世界只是一個過渡階段的記號，兩者是一樣的。這有道理，因爲唯有如此，這世界才能誘惑我們，而且這與事實若合符節。最糟糕的事情卻是，成功引誘過後，我們忘了擔保，於是，善將我們引到了惡，女人的目光將我們引到了她的床。

106.

謙卑使每個人（包括孤獨絕望者）與周遭的人產生最牢固的關係——而且只有在徹底且持久的謙卑時。它之所以能如此，是因爲那是眞實的祈禱語言，同時是朝拜與最堅定的聯繫。與周遭的人的關係，就是祈禱的關係；與自己的關係，就是自我追求的關係。從祈禱當中，會獲得自我追求的力量。

難道除了欺騙，其他的東西你都無法辨識？一旦欺騙被滅除了，你便無法往那裡看，否則你就會變成鹽柱。

107.

大家對甲非常友善。好像是人們致力保存一張厲害的撞球桌，連撞球好手都無法使用。直到偉大的撞球選手蒞臨，他仔細檢查桌面，無法忍受提前出錯，不過，當他上場開球，就以最肆無忌憚的方式發洩。

108.

「然後，他又回到自己的工作崗位，彷彿什麼也沒有發生過。」這是包羅萬象的舊小說中常見的一種說法，儘管這種說法或許不會在哪部小說出現過。

109.

「我們不能說自己缺乏信仰。單單我們生活中最簡單的事實，在他們的信仰價值當中，是取之不盡的。」

「這裡有信仰價值？人總不能不生活。」

「恰好就在『總不能』之中，潛藏著信仰的瘋狂力量；在這個否定之中，力量獲得了形象。」

你沒有必要走出家門。待在你的桌旁聽著。也根本不用聽，只要等待。也根本不用等待，就完全安靜地獨處吧。世界將在你面前現形，它什麼也不會，只會狂喜地在你面前纏繞。

本文選自《八開本筆記》中的G冊與H冊。寫作時間為一九一七年十月十九日至一九一八年二月底。部分內容曾於一九二四年起載於報刊。一九三一年全文首度出版於馬克斯・布羅德為卡夫卡編選出版的遺稿集《中國長城建造時：卡夫卡遺稿集》。卡夫卡確診肺結核之後，於一九一七年九月至一九一八年四月移居至其妹奧特拉（Ottla Kafka，一八九二—一九四三年）從事農場工作的波西米亞小鎮曲勞（Zürau，今捷克 Siřem）養病，並遠離工作、家庭與女性的困境。此一時期，卡夫卡決定不事文學創作，只寫日記與《八開本筆記》。這篇共有一〇九個句子的箴言錄，原標題為《曲勞箴言錄》（*Die Zürauer Aphorismen*）。標題《對罪惡、困厄、希望，以及真實道路的觀察》（*Betrachtungen über Sünde, Leid, Hoffnung und den wahren Weg*）為馬克斯・布羅德所加。

輯二

其他遺稿

1920 - 1924

本輯選取十八篇卡夫卡遺稿，主要為一九二〇年至一九二四年卡夫卡過世一共四年之間的作品。

夜

深深陷入夜裡。一如有時低頭沉思那樣地，全然深陷在夜裡。周圍的人都睡著了。這是一齣小小的戲劇，一場沒有罪咎的自我欺騙，使人以爲——他們在屋裡睡著，底下是堅固的床墊，上面有堅實的屋頂，他們或蜷縮或伸展，穿著睡衣躺在被窩裡。事實上，他們就像從前有一次，也像未來的一次那樣，聚集在荒蕪之地。他們在野地裡紮營，無法一眼望盡的人群，一支軍隊，一群鄉親，在冰天雪地裡，他們被丟到從前站立的地方，頭埋在臂彎裡，臉朝著地面安靜地呼吸。而你醒著守望[1]，身爲其中一個守衛，你揮舞著身旁的枯樹枝所構成的火把，於是發現了另一個守衛。你爲什麼醒著呢？是這樣的，一定得有個人醒著。一定得

1 此處的德語動詞 wachen 爲雙關語，同時有「醒著」與「守望」的意思。

有個人在場。

本文寫於一九二〇年八月底。一九三六年首度出版於馬克斯・布羅德所編選的《一場戰鬥紀實：卡夫卡遺稿集之中篇小說、隨筆與箴言錄》。標題〈夜〉（Nachts）為馬克斯・布羅德所加。

駁回

我們的小城並不靠近邊境，再怎麼說都不是，它離邊境還很遠，因而也許從來不曾有小城的居民到過那裡去；到那裡得穿越荒涼的高原，但是也有廣闊的富庶地帶。光是想像其中一段路途，就已經讓人疲憊，因此更多段路途，是根本無法想像的。途中也會經過幾個大城市，它們比我們的小城大得多。十個我們這樣的小城並排在一起，上面再堆十個這樣的小城，也比不上這些巨大而擁擠的城市。如果你在前往那裡的路上沒有迷途，那麼，你也會迷失在這些城市裡，由於它們的巨大，想要迴避是不可能的。

但是，比邊境離我們更遠的地方，如果這些距離是可以比較的——那樣就好比有人說，一個三百歲的男人比一個兩百歲的男人老——於是我們可以說，比邊境離我們更遠的地方，就是我們這座小城到首都的距離。我們偶爾可以得知來自邊境戰事的消息，但是對首都的事情卻幾乎無從得知。我說的是我們這些平民，因爲政府官員與首都一定有非常好的聯繫，兩三個月的時間，他們就會獲得那裡的消息，至少他們是這麼說的。

現在則非常奇怪，在我們這個小城，大家都默默遵從首都下達的指示，這點一再而再地使我感到吃驚。幾百年來，我們這裡從來沒有過市民自發而產生的政治變革。在首都，在上位的統治者興替交接，甚至王朝也被推翻或者覆滅，新的王朝開始。在上世紀，首都甚至也被摧毀，然後在一個離它很遠的地方建立一個新的首都，後來這個首都也被摧毀，而舊都又恢復了，這些其實都不影響我們這座小城市。我們的官員始終都在它的崗位上，最高階的官員來自首都，中階官員至少是從外地來的，最低階的官員才是我們當中的人，一直都是這樣，而我們也安於如此。最高階的官員是高級稅吏，他有上校頭銜，大家也都這麼稱呼他。如今他是個老人了，我認識他許多年，因爲他在我還是個小孩時，就已經是上校了。他先是很快地當官，後來似乎有所停滯；對我們這座小城而言，他的官階已經夠高，更高的官階，我們可就無能承受了。每當我試著想起他，我就會看見他坐在市集廣場旁的自家陽台上，他的嘴裡叼著菸斗，身體往後靠。帝國國旗在他上方的屋頂飄揚，陽台的廊道上晾著衣物，寬敞得幾乎可以進行小型軍事演習了。他的孫子們穿著漂亮的錦緞，在他的四周玩耍，他們不被允許去到下面的市集廣場，其他的孩子們配不上他們，但是廣場吸引著他們，他們把頭伸在欄杆之間，當下面的孩子們吵架時，他們頂多只能在上面跟著吵。

這位上校如是統治著這座城市。我想，他從未讓人見過那份賦予他權力的文件。他大概也沒有這樣的文件。也許他眞的是最高階的稅吏，然而這就是一切嗎？他是否眞的被賦予了管理所有領域的權力？他的職務對國家非常重要，但是對市民來說卻不是最重要的。在我們這裡，大家幾乎都彷彿聽過人們說：「現在你拿走了我們的一切，那就連我們也一併拿走吧。」因爲，事實上這個統治權也不是他自己搶來的，而他也不是暴君。高級稅吏是最高官員，是自古以來就形成的，而上校也只是跟我們一樣，遵循這份傳統。

然而，儘管他生活在我們當中，與我們的身分沒有太大的差別，但他還是跟一般的市民完全不同。如果有個代表團帶著一個請求來到他面前，他就會站在那裡，像一面世界的牆。他的身後空無一物，大家在那裡征忡地陸續聽見一些耳語，但那也許是錯覺，至少對我們來說，他意味著整件事情的終結。一定得看見他在那種接見場合的模樣，就會知道。我還小的時候見過一次，市民代表團請求他提供政府資助，因爲最貧窮的城區全數燒毀殆盡。我的父親是蹄鐵匠，在鄰里頗受推崇，他是代表團的成員，所以就帶著我一起去。這並不是什麼大不了的事，大家都蜂擁爭睹這樣一齣戲碼，在人群之中，大家已經分不清誰是代表團了；由於這種接見大多在寬敞的陽台廊道上舉行，所以也有人從市集廣場上沿著梯子爬上來，隔著欄杆參與著上面的事情。當時的布置是這樣，四分之一的陽台預留給他，剩下的部分擠滿了群衆。幾名士兵站在那裡監視一切，在他的四周圍成一個半圈。其實只要一個士兵就足夠嚇阻大家了，我們對他們都非常地害怕。我不是很清楚這些士兵是從哪裡來的，無論如何是來自非常遙遠的地方。他們彼此長得很像，而且其實並不需要穿制服。他們的個子矮小、不強壯，卻頗爲敏捷，最顯眼的是他們壯碩的牙齒，盈滿了嘴巴，以及細長的小眼睛中閃爍著某種不安的光芒。這兩種特點讓他們成爲孩子們恐懼的對象，不過這也是孩子們的樂趣所在。因爲孩子們總是想要被他們那樣的牙齒與眼睛驚嚇，然後再絕望地跑掉。這種孩提時代的驚嚇，也許在長大以後也不會消失，至少它持續作用著。當然也還有其他的事例。士兵說著一種我們完全聽不懂的方言，也幾乎無法習慣我們的，這樣一來，就產生了某種隔離與不可親近，反正這也與他們的性格相符，如此安靜、嚴肅與呆滯。他們其實沒有做任何壞事，卻給人很壞的感覺，使人幾乎無法忍受。比如一名士兵走進商店，買了個小東西，然後就倚著櫃檯站在那裡，他聽人們談話，也許他聽不懂，但他裝作自己都聽懂了，一句話也不說，只是盯著說話的人看，然後再盯著聽話的人，把手放在腰帶上掛著的長刀刀柄上。這實在很令人厭惡，讓大家敗了聊天的興。這家店的人走光了，人去樓空，這時士兵也離開了。於是，有士兵出現的地方，我們朝氣活潑的人們就會沉默。當時也是這樣。就好像在所有隆重的場合那樣，上校直挺挺地站在那裡，往前伸的雙手分別握住兩根長長的竹竿。這是一個古老的習俗，意思大致是這樣——他如此撐持法律，法律也如此撐持著他。現在人人都知道他所在的陽台上面會發生什麼事，儘管如此，大家還是持續不斷地重新感到驚嚇。當時，那位被指定發言的人不願開口說話，他都已經站在上校面前了，卻喪失了勇氣，於是便假借各種理由擠回人群之中。結果就是找不到一個準備好發言的合適人選——不適合的人當中，又有幾個人自願效勞——那是一場巨大的混亂，因此使者被派遣到能言善道的各種市民當中，去網羅人才。從頭到尾，上校只是一動也不動地站在那裡，唯有呼吸的時候，他的胸膛明顯地起伏著。並不是因爲他的呼吸有障礙，他只是呼吸特別明顯，就好比青蛙在呼吸一樣，青蛙們的尋常呼吸，在他身上就非比尋常了。我從兩個大人中間鑽過去，透過兩個士兵中間的縫隙觀察他，直到其中一名士兵用膝蓋把我踢開。在這當中，那位原先被指定說話的人，又聚精會神起來，兩位市民緊緊攙扶著他，他於是開始講話。令人感動的是，他在這場描述最大不幸的嚴肅講話當中，始終保持微笑；那是再謙卑不過的微笑，徒勞且費勁地觸動上校，只求他的臉上出現一絲表情。最後，他表達了請求，我覺得他只是請求可以免除一年的賦稅，也許還請求收購皇家森林裡較便宜的木頭。然後他深深一鞠躬，維持這樣的姿勢。其他的所有人，除了上校之外，也都彎腰鞠躬，包括士兵與後面的幾位官員。身爲一個小孩，可笑的是這些人站在陽台邊緣的木梯上，他們得往下走幾階，才好在這決定性的時刻不被看見，他們只能好奇地沿著陽台地面的高度，時不時地抬頭窺探著。這樣的情形持續了一陣子，然後一位官員走到上校面前，那是一名矮小的男人，他走到上校面前，並且試著踮起腳尖，仰身朝向他，上校除了深呼吸之外，整個人紋風不動，上校對他耳語、傳達指令，最後官員拍拍手，大家都起身了，他宣布：「請求被拒絕了。你們走吧。」一種難以否認的輕鬆感，瀰漫在人群之中，所有人都往外湧去，上校又變成了一個跟我們大家一樣的人，幾乎沒有人特別注意他，我只是親眼目睹了他如何地精疲力竭，鬆開手，竹竿落了地，他沉陷在官員們運過來的一張靠背椅，急忙地在嘴裡塞進菸斗。

這整件事情並不是偶然的個別情況，而是普遍發生的。儘管時不時會有小小的請求被滿足，但這就好像是上校作爲一個權勢之人，出於對自我的責任感，所以才這麼做的——這件事情自然要保密，不能讓政府知道了——氣氛如此，盡在不言中。如今，在我們的小城之中，上校之眼就是政府之眼，這是我們的判斷，然而，箇中也有區別，滋味卻不可盡探。

重要的事情，市民總是遭拒。如今，同樣奇怪的是，人們沒有這種拒絕就無法過活，因此再怎麼說，這種前去拜謁，後被駁回的情形，絕對不是一種形式。總是神采奕奕、嚴肅地前去，然後從那邊回來，他們不怎麼振奮與愉悅，卻也一點也不失望與疲憊。

目前爲止，我的觀察是這樣——某個年齡層的人並不滿意，他們大抵是介於十七歲與二十歲之間的年輕人。也就是相當年輕的小夥子，他們無法預知遠方的影響，無論是最輕的鴻毛，或者甚至是革命的思想。不滿正是在這些人當中悄悄蔓延。

本文寫於一九二〇年。原標題為〈我們的小城位於……〉（Unser Städtchen liegt…），標題〈駁回〉（Die Abweisung）為馬克斯．布羅德所加。一九三六年首度出版於馬克斯．布羅德所編選的《一場戰鬥紀實：卡夫卡遺稿集之中篇小說、隨筆與箴言錄》。

有關律法的問題

很可惜地，我們的律法並不是大家都知悉，這些律法是少數貴族群體的祕密，這些貴族統治著我們。我們相信這些古老的律法將被好好遵守，但是，被我們不知道的律法所統治，實在是一件極其痛苦的事。在此我想提及的，並非各種不同的律法解釋，以及當只有個人而非全體人民有權解釋的時候所帶來的種種缺點。這些缺點也許一點也不算太嚴重。這些律法如此古老，數百年來，解釋律法的工作不斷持續，這樣的解釋過程也已經差不多成了律法，一直以來，律法解釋有其自由之處，但卻相當侷限。此外，顯然貴族沒有理由因爲個人利益的驅使，而在解釋律法的時候做出對我們不利的事，因爲律法打從一開始就是爲貴族而制定的，貴族不受法律的約束，正因如此，律法僅僅是在貴族的掌控之下頒布的。這樣當然是有智慧的——誰會懷疑古老律法的智慧呢？——但它對我們來說也是種痛苦，也許那是不可避免的。

此外，我們也只能猜測這些僞律法的存在。律法存在著，並且以祕密的方式交託給貴族，但是，除了它是古老傳統，以及因爲古老而成爲可信的傳統之外，它就什麼也不是了，因爲這些律法的特性要求祕密地存在。若我們自古以來就在民間密切追蹤貴族的行爲、擁有先人的相關記載，並且認眞負責地繼續撰寫；若我們在無數的事實當中找到了某些準則，這些準則與律法相互支持，我們悉心篩選、整理出結論，並且據此安排當下與未來——於是一切都顯得極其不確定，也許只是一場理智的遊戲，因爲我們在這裡所猜測的律法也許根本不存在。有一個小派別的人眞是這樣想的，他們想證明律法如果存在，只能是這樣的——貴族所做的事情，就是律法。這派人士只見到貴族恣意的行爲，他們摒棄民間傳統，根據他們的意見，這些傳統只有非常偶爾的情況下才有用處，反之，傳統帶來重大傷害，因爲它讓人民在面對即將來臨的事情時，顯出了虛假、錯覺與輕浮的安全感。這是無法否認的傷害，但是我們人民當中的絕大多數，都覺得這件事情的原因在於傳統遠遠不夠，因此還得更大量地研究傳統，儘管傳統的素材看起來相當龐雜，但還是過於稀少，還需要幾百年的時間，才能累積足夠的素材。展望未來的當下是黯淡的，但是它被信念照亮了——我們相信，有一天，這樣的時間會到來，傳統及其相關研究在一定程度上終於走到了終結的那一步，一切都變得清楚，法律只屬於人民，貴族則會消失。這些話並不是因爲仇恨貴族所說，絕對沒有人是這樣想的。而是我們厭惡自己，因爲我們還不配得擁有律法。因此，其實那一派不相信有什麼律法的人，具有某種意義的吸引力，他們一直都是一小群人，因爲他們也完全承認貴族及其存在的權利。

其實，大家只能用一種矛盾的方式表達它——如果有一群人，他們除了信仰律法，也摒棄貴族，那麼，他們很快地會受到人民擁護，但是這樣一群人是不會產生的，因爲沒有人敢摒棄貴族。我們生活在這樣的刀刃之上。一名作家曾經做出如此的結論——加諸在我們身上的可見且確切的唯一律法，就是貴族，難道我們要給自己剝奪這唯一的律法？

本文寫於一九二〇年，一九三一年首度出版於馬克斯．布羅德為卡夫卡編選出版的遺稿集《中國長城建造時：卡夫卡遺稿集》。標題〈有關律法的問題〉（Zur Frage der Gesetze）為卡夫卡本人自訂。

海神波塞頓

波塞頓[2]坐在他的書桌旁計算著。管理所有的水域，帶給他無止盡的工作。他本來想要幾個助手就有幾個，而且他也曾有過非常多助手，可是由於他非常嚴肅看待自己的職掌，一切都要親自再算一次，所以他的助手就很少幫忙了。我們不能說，是因爲這份工作讓他高興，他執行這些事情，只是因爲工作被加諸於他，是的，他時常謀得如他所說的「比較快樂的工作」，但是每當有人給他不同的建議，那些工作往往不如他目前爲止的職掌使他中意。要給他找其他的工作也非常不容易。也不可能分派一片海域給他，除此之外，在這裡，計算的工作並不是比較小的，而是更小氣的工作，一直以來，偉大的海神波塞頓只能擔任統治的職位。如果有人提供了水域之外的職位，他光是想像就覺得難受，這位海神就會呼吸急促，他尊貴的胸部就會起伏顫抖。況且別人其實並不把他的抱怨看在眼裡，如果有個強者覺得痛苦，大家在這件無望的事情上，就會對他就會假裝順從。沒有人想過要罷免波塞頓，太初之始，他就被任命成爲海神，這點不容改變。

他最氣惱的是，每次聽到人家說起對於他的各種想像，說他向來是如何手握三叉戟乘風破浪——這件事情主要招致了他對自己職位的不滿。此時的他，正坐在海洋深處不停地計算著，偶爾他到朱比特[3]那裡一遊，已是單調生活的唯一調劑，而且這種出遊，大多使他帶著憤怒歸來。於是他幾乎不曾注視大海，只在攀登奧林帕斯山[4]的時候對它匆匆一瞥，更別說是眞的乘風破浪了。他老愛說自己就是這樣等待世界末日的。在他檢查完最後一筆帳的前一刻，總該有個安靜的瞬

2 海神波塞頓（Poseidon）爲希臘神話中奧林帕斯十二神（Twelve Olympians）的其中一位，掌管海洋、風暴、地震與戰馬。

3 朱比特（Jupiter）爲古羅馬神話中的衆神之王，對應於希臘神話的宙斯（Zeus），奧林帕斯山的主宰。爲海神波塞頓的弟弟，掌管天空、雷電與命運。

4 奧林帕斯山（Olympus），古代希臘神話中諸神的居所。

間，讓他速速周遊一番吧。

本文寫於一九二〇年。標題〈海神波塞頓〉（Poseidon）為馬克斯・布羅德所加。一九三六年首度出版於馬克斯・布羅德所編選的《一場戰鬥紀實：卡夫卡遺稿集之中篇小說、隨筆與箴言錄》。

共同體

我們是五個好朋友。有一次，我們輪番從一幢屋子走出來，最先出來的那位站在大門旁，接著，第二位不用走的，而是像水銀珠子那般從大門輕巧地溜出來，站在離第一人不遠處，然後是第三位、第四位與第五位。最後我們大家排成一排。大家注意到我們，指著我們說——現在這五個人從屋子裡出來了。從此我們就生活在一起，如果沒有第六個人一直想加入，我們會過著安寧的生活。他雖然沒有對我們怎麼樣，但這件事情很煩人，這樣就已經足夠；爲什麼他要這樣不請自來呢？我們不認識他，也不想讓他加入我們。儘管我們五人之前互不相識，嚴格說起來的話，就算是現在，我們也不太認識彼此，但是我們五個所能接受且容忍的事情，對第六個人而言，就不是這樣了。此外，我們就是五人一組，不想第六人加入。而這樣一直聚在一起究竟有何意義？就連我們五個也覺得沒什麼意義，可是既然都聚在一起了，那就這樣下去吧，正因爲我們有了這樣的經驗，因此也不想組成新的團體。只是，我們該怎麼跟第六個人講清楚呢？如果跟他解釋太久，就可能意味我們讓他加入了，寧可什麼也不解釋，別讓他加入吧。要是他問個不停，我們就用手肘把他推開，可是不管我們怎麼推，他還是一直來。

本文寫於一九二〇年九月初，一九三六年首度出版於馬克斯·布羅德所編選的《一場戰鬥紀實：卡夫卡遺稿集之中篇小說、隨筆與箴言錄》。標題〈共同體〉（Gemeinschaft）為馬克斯·布羅德所加。

城徽

起初，巴別塔[5]的興建堪稱秩序良好。規模也許太大了，所以大家想到路標、翻譯、工人住處與道路的銜接，彷彿有幾百年的時間可以興建。當時的主流意見甚至是，興建的速度愈慢愈好；完全不需要誇大其辭，就可以成功嚇阻大家去打地基。他們論點是這樣——整個計畫最重要的，就是建造一座通天塔的想法。除了這個想法之外，其他的一切都是次要的。這個想法一旦在人們心中具體化，就不會消失；只要人類存在，想把通天塔建成的強烈願望就會一直在。根據這點，人們不必擔心未來，相反地，人類的知識在增生，建築工藝在進步，我們

5 巴別塔（Babel）爲《舊約聖經》（*Altes Testament*）〈創世紀〉（Genesis）故事中人們建造的通天塔，講述人類產生不同語言的起源。它原屬猶太教希伯來聖經《塔納赫》（*Tanach*）中的一個故事。

需時一年的工作，在一百年後，也許半年就能完成，而且建得更好、更牢固。所以爲什麼要現在就把體力耗盡呢？如果想用一整個世代的時間來建造巴別塔，那樣還算有意義。但那是不可能的。比較可能的是，下一代人以其完備的知識，發覺上一代人的缺失，將已經蓋好的部分拆除重建。這種想法麻痺了力量，大家更多地關心工人城區的建築，而非塔的建造。從各地來的建築團隊都想駐紮在最美的地方，於是紛爭四起，釀成血戰。這些爭戰不曾停歇，也因此讓領導者有了新藉口拖延巴別塔的建造——由於大家無法專心致志，這座塔只能以非常緩慢的速度，或是等全面和平之後再建造了。然而，人們並非以爭戰度日，休兵的時候，大家開始美化城市，最後又招來新的嫉妒與爭端。第一代人的時間如是過去，但是後來幾代也沒有兩樣，只有建築技術不斷地精進，而他們好鬥的個性亦然。

接著，第二代或者第三代開始發覺通天塔的建造是無意義的，可是這時人與人之間的關係已經密不可分，因而無法離開城市了。這座城市所衍生的歌謠與傳說，都充滿著對於預言之日的渴望，在這一天，城市被巨大的拳頭接連五次猛擊摧毀，所以城徽裡有拳頭的圖案。

本文寫於一九二〇年九月，一九三一年三月十七日於德國柏林的文學雜誌《文學世界》（*Die literarische Welt*，一九二五—一九三四）首度發表。標題〈城徽〉（Das Stadtwappen）為馬克斯·布羅德所加。

舵手

「我不是舵手嗎？」我喊道。「你？」一位膚色黝黑、身形魁梧的男人問，他的手揉揉眼睛，彷彿在驅走一個夢境。我在黑夜之中站在船舵旁，微弱的燈光照在我的頭頂上，如今這個人來了，想把我推到一旁。由於我沒有退讓，他就一腳往我的胸部踢，慢慢地把我踩到地上，我依舊撐著船舵，在倒地之際，船舵的方向完全掉頭了。這時，那人握住船舵，讓它恢復原樣，卻把我一腳踢開。不過，我靈機一動，趕緊跑到通往船員房間的艙口，喊道：「船員們！夥伴們！快來呀！有個陌生人把我從船舵趕下來了！」他們慢慢出現，疲憊而強壯的身形以搖晃的姿態，從船艙爬樓梯上來。「我是舵手嗎？」我問。他們點頭，但眼睛只看著那位陌生人，他們在他身邊圍成半圓形，這時他以命令的語氣說：「別打擾我。」他們則開始聚攏，向我點點頭，然後又下樓到船艙去了。這是一群怎樣的人啊！他們還懂得思考嗎，還是僅是一群遊走於世的行屍走肉？

本文寫於一九二〇年，一九三六年首度出版於馬克斯·布羅德所編選的《一場戰鬥紀實：卡夫卡遺稿集之中篇小說、隨筆與箴言錄》。標題〈舵手〉（Der Steuermann）為馬克斯·布羅德所加。

試驗

我是一個僕人。但是我在這裡沒有工作。我很膽怯，不會主動上前，是的，我從來不會主動上前，跟別人一起，但這只是我無事可做的其中一個原因，也有可能它跟我的無事可做一點關係也沒有，主要的原因是，反正我怎樣也不會被使喚去做事，其他人都被使喚，卻沒有比我更想做事情，他們也許根本也不想被使喚，但我至少有時候非常渴望。

於是我躺在僕人的木板床，望著天花板上的橫梁，睡著、醒來，復又睡著。有時我走進對街的餐酒館，那裡可以來杯酸啤酒，有時我因爲反胃而整杯倒掉，然後又繼續喝它。我喜歡坐在那裡，因爲在那密閉的小窗後面，我可以看見對街我們屋子的門窗，而不會有任何人發現我。從這邊是看不到太多動靜的，我想，面對街道的只是走廊的窗戶，況且那條走廊也不通往主人的居室。也有可能是我搞錯了，不過，有個人跟我說過，當時我也沒有主動問他，他就堅稱這幢房屋正面給人的普遍印象已不證自明。這些窗戶鮮少打開，要是那扇窗開了，那也會是某個僕人開的，他大概會靠著窗台往下看一會兒。那邊盡是些使他不足爲奇的廊道。而我也不認識這些僕人，在上面忙進忙出的這些僕人睡在其他地方，而不在我的屋裡。

有一回，當我來到餐酒館時，一位客人已經坐在我用來觀察對街的位子上。我沒敢多看他一眼，只想看完趕快轉身，奪門而去。但是那位客人把我叫了過去，他其實也是一位僕人，我忘了在哪裡見過他，卻從沒說過話。「你爲什麼想走？坐過來喝一杯吧。我來付帳。」於是我坐下來了。他問我一些問題，但我無法回答，我連問題都聽不懂。所以我說：「現在你應該後悔請客了吧，等等我要走了。」我打算站起來，這時他從桌子那頭伸出手，把我的身體按住。「留下來吧，」他說，「那只是一場試驗。不回答問題的人，就通過了試驗。」

本文寫於一九二〇年十月，一九三六年首度出版於馬克斯．布羅德所編選的《一場戰鬥紀實：卡夫卡遺稿集之中篇小說、隨筆與箴言錄》。標題〈試驗〉（Die Prüfung）為馬克斯．布羅德所加。

禿鷹

從前有一隻禿鷹，牠啄我的腳，把我的靴子跟襪子都撕開，現在開始啄我腳上的肉了。牠總是猛力擊打，接著不安地圍繞著我盤旋好幾回，然後繼續同樣的行動。有一位先生經過，他看了一會兒之後，問我爲何可以容忍這隻禿鷹。「我手無寸鐵啊，」我說，「牠一來就開始啄我，我當然想趕牠走，甚至試著掐死牠，可是這種動物力氣很大，牠也想朝我的臉撲來，這時我想，不如犧牲雙腳吧。現在我的腳差不多被撕碎了。」「你這樣讓自己受折磨，」那位先生說，「射一槍，禿鷹就沒命了。」「這樣嗎？」我問，「您願意幫我張羅槍？」「好啊，」那位先生說，「我得回家拿我的步槍。您可以再等半小時嗎？」我說：「我不知道。」出於疼痛，我僵直地站在那裡一會兒，然後我說：「拜託，無論如何請您試試了。」「好，」那位先生說，「我會快一點。」我們談話的時候，禿鷹靜靜地聆聽，目光在我與那位先生之間游移。如今我知道牠明白了一切，牠飛起來，遠遠繞了一圈，然後向下俯衝，像一名標槍運動員，牠的喙刺穿了我的嘴，進入我的身體。我在倒下之際，感到一種解脫，一如在我體內深處竄流且淹沒所有堤岸的血液，無可救藥地淹死了牠。

本文寫於一九二〇年，一九三六年首度出版於馬克斯・布羅德所編選的《一場戰鬥紀實：卡夫卡遺稿集之中篇小說、隨筆與箴言錄》。標題〈禿鷹〉（Der Geier）為馬克斯・布羅德所加。

小寓言

「啊，」老鼠說，「世界一天比一天小。起初它大得令我害怕，然後我繼續奔跑，這時遠處的左右兩邊出現了牆壁，現在——我從開始奔跑到現在也還不算久——我在指派給我的房間裡，角落那邊有個捕鼠器，我正往那裡奔去。」「你得改變奔跑的方向。」貓咪說著，一邊把牠吞了下去。

本文寫於一九二〇年。一九三六年首度出版於馬克斯．布羅德所編選的《一場戰鬥紀實：卡夫卡遺稿集之中篇小說、隨筆與箴言錄》，標題〈小寓言〉（Kleine Fabel）為馬克斯．布羅德所加。

陀螺

有一位哲學家，他總是在孩子們玩耍的地方流連忘返。只要看見一個男孩手中有陀螺，他就開始虎視眈眈。陀螺剛剛開始轉動，哲學家就一路追著，想抓住它。孩子們喧鬧著，不讓他靠近玩具，但他也不管。只要陀螺還在轉動，他就會抓住它。他很高興，但只有一下子，接著便把陀螺往地上丟，離開了。他相信只要對微小事物有所認知，譬如一個轉動的陀螺，那麼就足以認知一般事物。因此，他不鑽研大問題，這對他而言並不經濟；若最微小的事物眞的被認識，那麼，所有的一切也會被認知，因此他只鑽研轉動的陀螺。每當有人準備好轉陀螺時，他就滿心希望它成功。陀螺轉起來了，他就會燃起堅定的希望氣喘吁吁地追逐它，而當他手中捧著那愚蠢的木塊，心中就會油然升起厭惡感。原先他一直沒聽見的孩子們的喊叫聲，此刻突然響在耳畔，將他趕跑了，而他則踉蹌地走著，活像個沒被抽好的陀螺。

本文寫於一九二〇年十二月中。一九三三年首度出版於布拉格猶太文學年刊《猶太曆五六九四年》（*Jüdischer Almanach auf das Jahr 5694*）。標題〈陀螺〉（Der Kreisel）為馬克斯．布羅德所加。

歸鄉

我回來了，我行穿廊道，張望四周。那是我父親的老庭院。中間有一個水窪。老舊無用的器具散落一地，阻擋了通往樓梯的路。貓咪在欄杆上窺伺。一塊被撕碎的布在風中飄揚，那是曾經拿來綁在竿子上遊戲用的。我抵達了。誰會來接待我呢？誰在廚房的門後等我？炊煙從煙囪升起，晚餐的咖啡將備妥。你是否感到自在，感覺像回到家了嗎？我不知道，我實在不確定。那是我父親的房子，但是每樣東西都冰冷地排列，彷彿各忙各的；它們忙些什麼，有些我忘了，有些我從不知道。即便我身爲父親的長子，農場主的長子，我對這些東西有何用處，對它們而言又是什麼？我不敢敲廚房的門，只有偷偷在遠處聽著，只有偷偷在遠處站著聆聽，以免因爲靠得太近而受到驚嚇。由於我在遠處偷聽，所以什麼也無法聽見，只有輕輕的敲鐘聲，或者我以爲自己聽見的是孩提時代才有的敲鐘聲。

在廚房裡發生的，是坐在裡面的人們所談論的祕密，他們守著它，沒讓我知道。我在門口躊躇愈久，就愈是感到陌生。要是現在有人打開門向我詢問，那會如何呢？我難道不會表現得像個爲自己保守祕密的人那樣？

本文寫於一九二〇年。一九三六年首度出版於馬克斯・布羅德所編選的《一場戰鬥紀實：卡夫卡遺稿集之中篇小說、隨筆與箴言錄》。標題〈歸鄉〉（Heimkahr）為馬克斯・布羅德所加。

辯護人

那時候是否有人會爲我辯護，實在是很難說。我絲毫無法得知詳情。每一張臉龐都顯出排拒的樣子，向我迎面走來的大部分的人，我在廊道上一再而再遇見的人，看起來都像是胖胖的老婦人。她們身穿深藍色白條紋、大得能蓋住整個身體的圍裙，雙手摸著肚子，笨重地來回轉動。我甚且無法得知，那時我們是否置身在法院大樓裡。有些跡象是這樣表明，許多情況又否定了它。撇開這一切事情不談，最能令我聯想到法院的，莫過於那從遠方傳來、毫不歇止的隆隆聲響，你說不出那是從哪個方向來的，它就這樣充斥著所有的空間，以至於人們會假定它來自四面八方，或是更正確地說，你碰巧正站著的地方，就是那隆隆聲的眞實發生地。不過，這肯定是錯覺，因爲那聲響來自遠方。這些有著簡單拱頂、狹窄微彎的通道，有著高大簡約的門，感覺是爲了深深的靜默而設。它們是博物館或圖書館的通道。假如它不是法院，爲什麼那時我會在這裡尋求辯護人的幫助呢？因爲我四處找辯護人，這種人處處被需要。人們在其他地方比在法院更需要他，因爲法院根據法律作出判決。要是有人假定這裡有不公或輕率之事，那麼大家就活不下去了，大家應該信任法院，相信法院會給予莊嚴的法律一個自由的空間。因爲那是它唯一的任務。然而在法律之中，一切不外乎控訴、辯護與判決，獨立自主的人爲干預將是一種褻瀆。判決的事實情況則有所不同，它以調查爲基，透過四處調查，對親屬或陌生人、家人或公衆、城市或鄉村，簡言之，在任何地方都得調查。在這裡，我們亟需辯護人，許多辯護人，最好是一個接著一個，連成一道活生生的牆，因爲辯護人天性不好動，控訴者卻是狡詐的狐狸、敏捷的鼬鼠，這些看不見的小老鼠鑽進最小的縫隙，倏忽從辯護人的雙腿之間穿過。所以呢，注意啦！所以我才這裡，在此收集辯護人。但我一個也沒找到，只有這些老婦人來來去去，不斷來去。若我不追尋，我可能就麻痺了。我並不在對的地方，可惜我無法擺脫這樣的印象。我該去的地方應該是有各種不同人群聚集之地，他們來自不同地區、來自所有階層與職業，且年齡各異，我應該要有這樣的機會，從一大群人當中悉心選出懂得留意我，且對我友好的合適之人。也許盛大的年度市集是最適合的地點。而此刻的我卻在這些廊道中晃盪，目光所及，僅是這些老婦人，她們為數不多，永遠都是那幾個人，儘管人少且行動緩慢，她們卻不讓我逮住，而是從我身邊溜開，像烏雲那般飄走，她們專注忙著我所不知道的事。為何我會輕率盲目地闖進一幢屋子，而不去閱讀門牌上的字，而馬上進入廊道，執拗地定居於此，如今我根本想不起來，曾幾何時我站在這幢屋前，曾幾何時我登上了階梯。我卻不能走回頭路了，這樣浪費時間，這樣承認自己誤入歧途，簡直令人無法忍受。怎麼辦？在這短促的、伴著難忍的隆隆聲響的生命中，就此奔下樓去？這是不可能的。歸於你的時間如此短暫，因而你只要失去一秒，就會失去一生，因為生命並沒有比較長；生命的長度一如你失去的時間。你開始了一條路，那麼就持續走，不管遇到什麼事，你只會收穫，而不會遇到危險，也許你在最後倒下了，但是如果你在前面幾步路就回頭，如果你下了樓梯，那麼，你就等同於在一開始就倒下，不是可能，而是確定。因此，如果你在廊道上找不到你要的，那麼就打開門，如果你在那些門後找不到你要的，那麼還有新的樓層，如果你在上面什麼也找不到，這也沒什麼大不了，就讓自己躍上新的階梯，只要你不停止攀爬，階梯就沒有終點，它們在你攀升的腳下，也向上增生。

本文寫於一九二二年春天，一九三六年首度出版於馬克斯・布羅德所編選的《一場戰鬥紀實：卡夫卡遺稿集之中篇小說、隨筆與箴言錄》。標題〈辯護人〉（Fürsprecher）為馬克斯・布羅德所加。

在我們的猶太會堂

在我們的猶太會堂，居住著一隻動物，大小有如鼬鼠。牠通常很容易看見，並且允許人們接近大約兩公尺的距離。牠的毛皮是淺淺的藍綠色，而且還沒有人觸摸過，對此牠什麼也不說，大家差點以爲牠的毛皮的眞實顏色是個謎。也許這些看得見的顏色僅僅源自於灰塵與水泥，毛皮沾染了這些，顏色於是趨近於猶太會堂內部的灰泥。只是牠的皮毛顏色淺一些。撇開牠的膽小不看，牠其實是一隻極其安靜且喜歡定居一地的動物，牠要是不那麼常受到驚嚇，大概也就不會換地方了，牠最喜歡的地方就是男賓止步的欄杆，牠顯得舒適愜意，緊緊抓住欄杆的網眼，然後一邊伸展，一邊看著下方的祈禱室，這樣大膽的姿勢固然令人欣喜，但是會堂的僕役必須遵守規定，永遠不能容許讓動物上欄杆。牠有可能已經習慣了這個位置，但是大家還是可以因爲婦女害怕動物，而不允許這樣的事情發生。

為何她們害怕動物，我們不得而知。初見這樣的動物著實嚇人，尤其是長長的脖子，三角形的臉，幾近平整且突出的上排牙齒，露出在上唇底下，牙齒的特徵明顯，顯然很硬的淺色鬃毛，這一切都足以嚇人，但是大家很快就體認到，這所有的一切驚慌恐懼，其實並不危險。尤其牠跟人類的距離很遠，牠比森林裡的小動物還要膽怯，除了這幢建築，牠與外界之物毫無聯繫，而牠自身的不幸大抵就在於——這幢建築是一座猶太會堂，往往有許多人聚在此地。如果有人可以跟動物溝通，那麼便可以用下面的事情安慰牠——我們這座小山城的教會規模一年比一年小，大家費了不少工夫籌措資金，想維持會堂的存在。我們也不排除日後讓猶太會堂變成穀倉或其他類似的用途，這樣一來，動物就可以獲得渴盼已久的安寧，而不再如此難受了。

況且只有女人害怕那隻動物，男人們早就司空見慣，沒有感覺了，他們一代傳過一代，說有這麼一隻動物存在，大家一再而再地看見牠，最後一眼也不瞧了，就連第一次看見牠的小孩，也不再驚嚇。牠成了猶太會堂的寵物，爲何猶太會堂不該擁有一個在其他地方找不到的特殊寵物？要不是這些女士，大家恐怕也不會知道動物的存在。然而，就算女士們不是眞的害怕小動物，那麼她們整天對這隻動物怕東怕西，延續了數年、數十年，實在也太奇怪了。她們會爲自己辯解，說跟男士們相較，小動物比較喜歡親近女士，這樣說也沒錯。小動物確實不敢靠近下面的男士，我們從來沒見過牠在地板上出現。要是沒讓小動物在女士專區的欄杆上，那麼牠就會在對面牆壁的等高之處停留。那裡有個非常窄的建築飾帶，寬度不及兩指，它環繞著會堂的三個邊，在這牆面飾帶上，小動物有時突然來回跳躍，大部分的時候卻是面對著女士們，靜靜蹲坐在某個地方。這隻小動物如何輕易善用這些窄小的過道，著實令人費解，而牠是怎麼跑到上面，跑到終點復又掉頭，也是值得一看的。牠其實是一隻非常老的動物，但牠毫不遲疑地勇敢一躍，從來不曾失敗過，牠在空中翻滾，然後再沿路跑回去。不過，要是你看過了幾次，之後也就見怪不怪，懶得再看了。那些驅使女士們採取行動的，既不是恐懼也不是好奇；如果她們更專注於祈禱，就會完全忘掉小動物。虔誠的女士們通常都這麼做，而大多數的其他人也被允許這麼做，只是她們只想讓人注意自己，而小動物只是個受歡迎的藉口罷了。若她們能夠，若她們敢，肯定會將動物吸引到她們的身邊，好更多地嚇唬她們。然而在實際上，小動物根本不會衝向她們，若沒被攻擊，牠也不管她們，就像不管男人一樣，也許牠最愛在有安全感的地方待著，那是會堂禮拜之外的時間，顯然牠在某個我們尚未發現的牆壁上的洞裡生活。當人們開始祈禱，牠才出現，被嘈雜的聲音驚嚇，出來看看發生了什麼事，牠會充滿警覺，又非常自由，牠有能力逃跑，因爲害怕就先開溜了，牠害怕得開始跳躍，直到禮拜結束之前，都不敢退回去。當然牠偏好高處，因爲那裡最安全、最多地方跑，譬如有欄杆與牆面飾帶的地方，但牠絕不是天天在那裡的，有時牠也會下去到男士們那邊玩玩，宗教約櫃的簾幕被一根黃銅棒撐住，這很吸引小動物，牠時常潛進去，不過，在裡面牠倒很安靜，要是牠覺得在約櫃裡面空間狹小，難以忍受，牠就會睜開那沒有眼皮的雪亮眼睛，注視著教會裡的一切，卻又不是在看任何人，而是用目光掃過可能的危險與所感知的威脅。

截至目前爲止的情況下，牠其實並不比我們的女士容易理解。牠究竟在害怕哪些危險？誰存心要牠這樣的？這麼多年來，難道牠不是在乏人照料的情況下完全獨立地生活著？男士們根本不管牠是否存在，多數的女士也許會因爲牠的消失而感到不快樂。由於牠是屋子裡唯一的動物，因此牠一個敵人也沒有。牠不是應該在這幾年當中看出這些嗎？禮拜及其噪音也許會給這隻小動物帶來驚嚇，但是它每週循環，小型聚會天天舉行，節慶的時候則擴大舉辦，永遠規律，永不歇止，即便是最膽小的動物也要習慣的吧，尤其是牠會看見，那嘈雜聲並不是來自迫害牠的人，而是那聲音根本與牠無關。然而這種害怕，是否是在懷念早已逝去的時光，抑或是預知未來的時代？也許這隻古老動物所知道的，其實比聚集在猶太會堂的三代人還要多？

有人說，許多年前，他們眞的試圖趕走這隻小動物。這有可能是眞的，也有可能那只是憑空臆造的故事。可以證明的是，當時人們從宗教法的立場來探究問題，想了解是否可以容忍這樣一隻動物出現在會所禮拜中。大家從多位著名的拉比那裡徵求看法，眾口紛紜，多數的人贊同驅逐與禮拜堂的重建。不過，從遠方宣布這件事情容易，事實上，要驅逐這隻動物，根本是不可能的事。

本文寫於一九二二年。一九三七年首度發表於馬克斯．布羅德編選出版的《卡夫卡日記與書信選》（*Tagebücher und Briefe*）。標題〈在我們的猶太會堂〉（In unserer Synagoge）為馬克斯．布羅德所加。

放棄

一大清早，街上乾淨、杳無人跡，我前往火車站。當我拿手錶跟鐘樓的時鐘對時，才發現時間比我所預期的晚了許多，我得趕快，被這件事情一驚嚇，我連走的路是否正確都開始懷疑了，我對這座城市並不非常熟悉，幸運的是，有位警察在附近，我奔向他，上氣不接下氣地跟他問路。他微笑地說：「你要跟我問路？」「是的，」我說，「因爲我自己找不到路。」「放棄吧，放棄吧。」他說著，便猛然轉過身去，就像不讓人看見自己在笑的那些人一樣。

本文寫於一九二二年十一月中至十二月中之間。一九三三至一九三四年間，馬克斯．布羅德曾以〈問路〉（Die Auskunft）為名首度發表於報刊。本文正式出版於一九三六年馬克斯．布羅德所編選的《一場戰鬥紀實：卡夫卡遺稿集之中篇小說、隨筆與箴言錄》。原標題為〈一則評論〉（Ein Kommentar），〈放棄〉（Gibs auf）為馬克斯．布羅德所加。

關於譬喻

許多人埋怨，智者的話語總是譬喻一場，日常生活中根本用不上，而我們擁有的僅是日常生活。當智者說：「到那裡去。」他的意思並非，人們應該要到街道另一邊；如果路途值得一走，那麼總是做得到的。他說的卻是傳說中的某個彼岸，那是我們所不知道，而他也無能更詳盡描述的，也因此，這個彼岸對此在的我們沒有助益。所有這些譬喻其實只是在說，費解之事總是費解，這點我們都知道。然而到底我們終日所汲汲營營的，是其他的事情。

針對這件事情，有人說過——你們爲何拒絕呢？要是你們跟著譬喻走，那麼你們自己就會成爲譬喻，這樣的話，就不用終日勞累了。

另一個人說：我打賭，這也是一個譬喻。

第一個人說：你贏了。

第二個人說：可惜只在譬喻中。
第一個人說：不，是在現實中；在譬喻之中你輸了。

本文寫於一九二二年十月至十一月間。一九三一年首度出版於馬克斯・布羅德為卡夫卡編選出版的遺稿集《中國長城建造時：卡夫卡遺稿集》。標題〈關於譬喻〉（Von den Gleichnissen）為馬克斯・布羅德所加。

夫婦

生意的整體狀況實在很差，以至於有時候，我在辦公室一騰出時間，就趕緊拿起樣品包，親自去拜訪顧客。而且我早就打算去K那邊走走，從前跟他一直保持生意往來，去年他卻不知怎地幾乎失聯了。這種挫敗其實也不需要有什麼眞正的原因；在今日動盪的局勢之下，往往是一件微不足道的事情或者氣氛在影響大局，同樣地，一件微不足道的事或一句話，也可以讓全局恢復秩序。不過，要跟K聯繫見面，眞是有點麻煩；他是個老人，前些日子又相當病弱，就算他也還一手包辦生意上的事情，卻應該很少進到商行裡了；如果想跟他說話，就得去他家，這種生意模式，大家都喜歡推掉。

昨天晚上六點過後，我眞的上路了。到了這種時間當然不適合拜訪，但是眞要評判此事的話，此行並非爲了社交，而是生意。我很幸運，K在家裡。有人在前廳告訴我，他剛剛跟妻子散步回來了，現在他人在兒子的房間裡，他的兒子正臥病在床。他們請我進去，一開始我很猶豫，後來因爲一心只想趕快結束這場討厭的拜訪，於是我讓自己穿著大衣、戴著帽子，手裡拿著樣品包，就這樣讓人帶路，穿過一個漆黑的房間，走進另一個昏暗的房間。一小群人正聚集在那裡。

大概是出於本能，我的目光首先落在一個業務代理人身上，我對這個人再熟悉不過，他在一些生意場上是我的競爭對手。看來他是悄悄地捷足先登了。他自在地坐在病人的床榻旁，彷彿自己是醫生那般；他身穿敞開、好看而且鼓脹的大衣，不可一世地坐在那裡。他的狂妄無人能及。也許病人也是這麼想的，他躺在那裡，臉頰因爲發燒而有些發紅，不時地望向他。而且這位兒子已經不再年輕，他的年紀跟我差不多，蓄著短短的落腮鬍，因爲生病的緣故，鬍子顯得有些蓬亂。年長的K體型高大，有一雙厚實的肩膀，令我驚訝的是，長年的隱疾使他身形枯槁、彎腰駝背，雙腳也不靈光了。他還站在那裡、穿著皮衣，像剛剛抵達時那樣，然後對著兒子咕噥了幾句。他的妻子身形矮小瘦弱，卻極爲活潑，儘管這種活潑只是對他，至於我們其他人，她幾乎不看一眼——她忙著幫他褪去皮衣，由於兩人體型差距太大，導致了一些困難，但最後還是成功脫下了。也許眞正的困難在於K非常沒有耐性，他不安地伸出雙手想撫摸靠背椅。褪下皮衣之後，他的妻子趕緊將靠背椅推給他。然後，她就抱著皮衣走出去，整個人幾乎隱沒在簇擁著她的皮衣底下。

這時，我感覺機會終於來了，或者毋寧說——它沒有來過，也永遠不會來這裡的。要是我實在很想嘗試某些事，就得卽知卽行，因爲我憑感覺就知道在這裡談生意的條件每況愈下。要我像那位業務代理人明顯刻意的那樣，在這裡賴著不走，可不是我的風格；何況我一點也不想管他（於是我就單刀直入說明來意，儘管我發現K正在跟兒子聊天的興頭上）。可惜我這個人有個毛病，那就是當我說到激動之處，就會站起來邊走邊說，而且這種時刻很快就到來，在這間病房則比平常來得更快。在自己的辦公室這麼做倒好，在陌生的人家裡這麼做，就顯得有些討人厭了。可是我無法控制自己，何況那時沒法像平常那樣來根菸發洩一下。每個人都有他的壞毛病沒錯，但這時候我就要自誇一下了，跟那位業務代理人相比，我的壞毛病應該還算值得稱許。該怎麼說呢？看看他，把帽子放在膝蓋上，緩緩地推過來又推過去，有時候又突然冷不防地戴上；雖然他一會兒又摘下帽子，一副不小心做錯事的樣子，但是帽子已經戴在他頭上一會兒，而且他還不斷地重複這個動作。根本就不該出現這樣的舉止。這對我並不影響，走來走去，專心想著自己的事情，沒注意他，但卻有一些人，光看見這把玩帽子的行徑就要抓狂。尤其我在激動時根本無心留意這種干擾，更無法理睬任何人，即便眼見發生的事情，只要我自己還沒說完，或者聽見異議，那麼這些事情我基本上不會知道。譬如我發現K並沒有在聽，他的雙手搭著椅子的扶手，窘迫地翻來覆去，他並不抬頭看我，而是目空一切尋索著，他的臉色顯得如此淡然，彷彿我說的話他一個字也沒聽進去，甚至感覺不到我的存在。雖說我看見了他那令人失望的病態舉止，我還是繼續說下去，彷彿寄望能透過自己的話語，透過我提供的好處，使最後的一切回到平衡狀態——同時，我也被自己所做出的妥協與讓步感到吃驚，儘管沒有人要求我這樣。令我高興的是，我匆匆發現那位業務代理人終於平息下來，不再把玩帽子，而是將雙臂交叉在胸前；而我說的話，部分也是對他講的，這些話似乎給他的計畫帶來嚴重的一擊。本來我愈講愈順，可以繼續說下去，偏偏那位兒子——本來我一直當他是次要人物，不予關注——從床上突然起身，用拳頭威脅我閉嘴。他顯然還想說些什麼，表示些什麼，卻沒有足夠的力氣。我先是把他的行徑當成是發燒性譫妄的症狀，不過，當我不由自主地望向K老先生的時候，我就比較明白了。

K坐在那裡，睜著浮腫呆滯、剛剛還聽使喚的眼睛，他的身體顫抖著向前傾，頸部彷彿被人按住，或是挨了一擊。他的下唇、下顎及露出的大片牙齦不由自主地下垂，整張臉不成人形；他還在呼吸，就算困難，接著他還是彷彿解脫那般靠回椅背、閉上眼睛，臉上顯出某種掙扎的表情，然後，生命就結束了。我馬上跳到他身邊握住他的手，那手冰冷無生命地垂掛著，令我毛骨悚然；沒有脈搏了。現在可以說是結束了。是的，一個老人。但願死亡不會使我們更加沉重。可是，現在有多少事情要做啊！而且這麼趕，要先做哪一樣呢？我環顧四周、尋找協助，卻看見兒子把棉被往上拉，蓋住頭部，我們聽見他哭個不停；那位業務代理人則冰冷地像隻青蛙，穩坐在那張距離K兩步路的扶手椅，他顯然打定主意什麼也不做，就這樣等待時間流逝。於是只有我該做些什麼了，現在馬上要處理最困難的事，也就是把這個消息告訴他的妻子，而且是用可以忍受的方式，一種世界上還不曾有過的方式。說時遲，那時快，我已聽見隔壁房間傳來急促的腳步聲。

她帶來一件在壁爐上烘暖的睡衣，想替她的丈夫換上——由於沒有時間給自己換衣服，她依舊穿著外出服。「他睡著了。」她微笑著說，由於我們都沒有反應，於是開始搖頭。然後，懷抱著純眞少女無限的自信，她抓住了那隻手親吻它，彷彿婚姻中的小遊戲，而讓我們其他三人眼睜睜看著！——那隻手，我剛剛才百般不願意且帶著畏怯的心情握住。K的身體動了起來，他大聲地打呵欠，讓她給自己穿上襯衣，面露生氣諷刺的表情，耐著性子聽他太太溫柔的責備，她說都是因爲散步太久太疲累，他則爲自己的睡著做另一番辯解，眞奇怪，都是因爲無聊的緣故。接著他躺了下來，以免被送到另一間房間的時候著涼了，他權且躺上兒子的床，把頭枕在兒子腳邊的兩個枕頭上，那對枕頭是妻子急忙帶來的。經過前面發生的事，我已經不覺得現在這些有什麼好奇怪。現在，他要求讀晚報，絲毫不管在場的客人就開始讀，其實他根本沒讀，而是隨意瀏覽，一邊用銳利無比的生意眼光說出對我們報價的幾點不快之處，同時，另一隻空閒的手不斷地往前伸，嘴裡的舌頭發出味覺不佳的雜音，並將之歸咎於我們生意上的行爲所致。那位業務代理人無法克制自己，說出了幾句不當的評論，就連他大概也發現了自己的魯莽所招來的一切，需要有個平衡才行，只是以他的方式，成功率想必非常低。只有趕緊告辭，真要謝謝那位業務代理人，要不是因爲有他在場，我哪敢下定決心離開呢？

在前廳，我又見到了K的妻子。見她身形枯槁，我說，我的腦海中不禁浮現了母親的身影。她沉默不語，於是我補充道：「怎麼說呢，我母親可以創造奇蹟。我們弄壞的東西，她都會修好。我小時候就沒了母親。」我故意用極其緩慢且清晰的語氣說話，因爲我猜這位婦人患有重聽。但她大概是耳聾了，因爲她突兀地問起：「我丈夫看來怎樣？」從一些辭別的對話中，我也發現她把我跟那位業務代理人搞混了；否則我相信她會比此刻更親切。

然後，我走下樓梯。之前上台階已經很不容易，下台階比它更加困難。啊，有多少生意失敗的機會，而我們只有背負著重擔繼續前行。

本文寫於一九二二年十月，一九三一年首度出版於馬克斯・布羅德為卡夫卡編選出版的遺稿集《中國長城建造時：卡夫卡遺稿集》，標題〈夫婦〉（Das Ehepaar）為馬克斯・布羅德所加。

巢穴

我築好了巢穴，它蓋得似乎頗為成功。從外面看，只有一個大洞，而這個洞事實上卻不通往任何地方。只要走幾步路，就會撞到堅硬的天然岩石，我不想自誇，說這是故意設想的詭計，它更多是因為許多次徒勞無功的築巢嘗試所留下的殘餘，最後我想，這個洞應該不要填起來會比較好。當然有些詭計是精細到自取滅亡的，這點我比誰都清楚。如果要強調這裡還有什麼值得偵查的地方，未免有些冒險。不過，以為我膽小畏怯，因此才給自己安置一個巢，那也錯看我了。大概距離這個洞千步之遙，就是通往巢穴的真正入口之所在，它的上面覆著一層可以刮除的青苔。它受到嚴密的保護，一如世界上某些東西所受到的嚴密保護那樣。當然，也可能有人會踩上青苔，或是直接踩進去，那麼，我的巢穴就會曝光，而只要誰有興趣——你看，他當然也不一定要有什麼優異才能——就可以闖進來，將一切毀於一旦。我很明白，即便自己正處於生命的巔峰期，幾乎還是沒有一時半刻得以平靜。在那幽暗的青苔底下，我終將一死；在夢境中，時常出現貪婪的鼻子不斷地嗅聞著。有人會說，我應該要把這個真正入口的洞給塡起來，上面用固態泥土覆蓋薄薄的一層，下面則用鬆軟的泥土鋪上，這樣一來，每次挖路出門的時候，我就可以輕鬆一些。正是因爲謹慎小心，我應該要有個可以馬上逃跑的路線，但那是不可能的，正是這樣的謹慎小心，時常讓生命付出冒險的代價。這一切盡是辛苦的算計，而讓人繼續算計下去的理由，有時只因機敏的腦袋樂在其中。我得有個可以馬上逃跑的路線，就算我嚴加戒備，難保有一天不會被人從某個不知名的方向攻擊吧？我在我巢穴的最深處平靜地生活著，在這段時間，敵人從不知名的地方朝著我的方向，緩慢且寂靜地鑿穿道路。我不願意說他的嗅覺比我好，也許他對我知之甚少，一如我對他所知的那樣。但是有些狂熱的強盜，他們胡亂翻土，發現我的巢穴竟是如此膨脹，於是也開始希望，哪天能衝進通往我的其中一條路。當然，我在家裡的好處多多，每條路、每個方向我都非常清楚。強盜很容易就成爲我的祭品，而且是香甜好吃的那種。只是我會老，許多人都比我強壯，而且我的敵人無數，有可能我會躲掉一個敵人，卻被另一個捕捉了。啊，天底下，什麼都可能發生的！無論如何，我必須堅信某處也許有個容易抵達且完全開放的出口，讓我不費吹灰之力就可以出去，使我在絕望地挖掘時，在鬆軟的土堆之中，不致感覺到跟蹤我的牙齒落在我的大腿上——謝天謝地！威脅我的敵人不只在外部世界，這種人也在泥土裡面，我從來不曾見過他們，但是傳說裡面有提到，而且我深深相信著。那是地底下的生物，傳說也無能描繪牠們，就算有誰成了牠們的祭品，也幾乎沒見過牠們。牠們來時，你聽見牠們的爪子在你腳下的地底抓搔，那是牠們的環境，這時你已經沒有希望了。你以爲這裡是自己的房子，其實不然，是你在牠們的房子裡。那些逃逸的出口已經救不了我，一如它也許根本無法解救我，卻會毀了我；不過，它到底是個希望，沒有它我不能活。

除了這條大路，還有幾條頗為安全的窄路連結著我與外部世界，使我有可供呼吸的新鮮空氣。那是小林姬鼠的功勞，我懂得將這些窄路運用在我的巢穴中，它們讓我的嗅覺得以延伸，同時給我保護，各種小動物都沿著這些小路來到我這裡，成為我的盤中飧。如此一來，我不需要離開我的巢穴，就能有足堪溫飽的獵物，這當然是非常珍貴的。

我的巢穴最好的一點，就是它的寧靜。當然，這只是假象，隨時會有人打破寧靜，然後一切就結束了。目前，它還好好地維持著，我可以潛行在我的通道裡數小時，什麼也聽不見，除了有時聽見某隻小動物窸窣作響；牠很快地在我嘴裡安息，成了我的牙祭。有時我聽見泥土成了河流，向我表明某處需要修補，否則四周一片靜寂。森林的香氣飄了進來，這裡既溫暖且清涼，有時我在這裡伸展肢體，因為舒適而在通道裡翻滾。邁向老年之際，能有這樣一個巢穴實在美好，我可以在秋天來臨的時候，給自己一個屋簷。

每隔一百公尺，我就把通道延展成圓形的空間，在那裡，我可以舒服地把自己縮成一團，取暖兼休息。在那裡，我甜美地酣睡，如此安詳且滿足，那是身爲屋主的甜美酣睡，那是目標達成的甜美酣睡。我不知道是否那是舊時的習慣，或是這屋子裡的危險足夠強大到喚醒我，我往往會固定從沉沉的睡夢中驚醒，並且聆聽著不分晝夜籠罩此地的寂靜；我滿足地微笑、放鬆肢體，陷入更深的眠睡。可憐的漫遊者，無家、在鄉間路上、在森林裡，最好藏匿於樹葉堆或者一群友伴，將自己交託給天地的一切腐壞之中。我躺在此地，四周都被保護，在我的巢穴裡有超過五十個這樣的地方——時光在昏昏沉沉與無意識的睡眠之間流逝，那是我依照我的心願選擇的。

我主要的活動空間並不完全在巢穴的中央，經過深思熟慮，那裡保留給最危險的時刻——不完全是跟蹤追捕，而還有包圍的情形。巢穴的其他地方，也許是費盡腦力而非身體勞動的成果，這個堡壘空間是我的身體各部位經過最艱苦勞動的成果。好幾次，我因爲身體疲累不堪而絕望地想放棄一切，我的背翻來覆去，一邊詛咒巢穴，一邊拖著自己的身體爬出去，讓巢穴的大門敞開。我當然可以這麼做，因爲我再也不想回去了。過了幾小時，或者幾天，我就後悔地回去了。我幾乎要唱起歌來，因爲巢穴毫髮無傷，我滿心歡喜，重新開始工作。堡壘空間的工作變得困難，其實是多餘的，因爲付出再多勞力也沒有用，畢竟就在空間所預定的地方，土質相當鬆軟多沙，泥土非得壓得密實，才能造出那又大又美的圓拱形空間。而這樣的一種工作，我卻只有額頭堪用。我的額頭撞上泥土千萬遍，日日夜夜，如果敲得頭破血流，我就會很高興，因爲這證明了牆壁正愈來愈堅固。也因如此，這座堡壘空間是我應得的，一如大家應該也會跟我承認的那樣。

我在這個堡壘空間收集存糧，所有我在這座巢穴一時興起所獵捕的，以及從外頭帶回來的獵物，全都堆在這裡。這裡的空間很大，半年的存糧也裝不滿。因此我大可以把它們攤開來，在其中踱步、把玩它們，爲它們的數量與不同的氣味感到歡喜，並且總能清楚概覽一切存貨。我也可以不斷地重新整理它們，依照季節預先計算，制定狩獵計畫。有段時間，我因爲糧食充足，對食物感到無關緊要，所以對於在這裡亂跑的小動物一點也不去碰。雖然用其他角度來看，這樣也許是很不謹慎的。我時常在爲防禦做準備，爲了這樣的目的來使用巢穴，我的觀點也或多或少在改變與開展。儘管規模很小，有時我覺得，以堡壘空間爲防禦基地是危險的，巢穴的多樣化也給了我多樣的可能性，我想更謹慎的方式是把存糧稍微分散開來，放在一些比較小的地方，然後我會設置每隔三個空間一個儲藏所，或是每隔四個空間安排一個主要的、每隔兩個空間安排一個次要的儲藏所，諸如此類。或是我會出於蒙騙的目的，而關閉一些通往存糧的通道，或是只選擇幾處空間使用，端看它們跟入口的相對位置。每個這樣的計畫，其實都需要經過沉重的搬運工作，我得進行新的計算工作，然後來回搬運這些重物。當然我可以不疾不徐地進行，用嘴巴啣著這些美食，這麼搬運著，再找地方休息，然後偷吃一口美味，這樣其實也挺不壞。比較可怕的是，有時會發生這樣的情形——每每從睡夢中嚇醒，發現當下的分配方式完全錯了，可能會導致很大的危險，顧不得自己的睡意與疲憊，也要馬上修正過來，然後我就會火速飛奔過去，一點也沒有時間計算了，我的牙齒用力咬住所見的東西，用拖的拉的、嘆息呻吟，我踉蹌地走，看來此時情況危殆，隨便一個變化都足以令我吃不消。漸漸地，我完全清醒、腦袋清晰，幾乎不明白自己何以如此匆忙，我吸了一口氣，屋裡的寧靜都是被搞砸的，我回到睡覺的地方，在新添的疲憊中馬上睡著了。醒來的時候，嘴上掛著一隻老鼠，爲看似夢幻的夜間勞動留下無可辯駁的證據。然後又有一段時間，我覺得把所有存糧放在同一個地方是最好的選擇。存糧放在小地方，對我來說有何用處呢？那邊究竟可以放置多少？一直把東西送過去，不僅阻擋了去路，哪天萬一我得進行防衛或逃跑，也會有所阻礙的。而且如果沒有辦法將所有的存糧放在一起，一眼便知自己擁有多少東西，這樣也會有傷自尊——這說來很蠢，但卻是眞的。難道存糧不會在經過多次的分配之後消失很大一部分？我無法一一鑿穿盤根錯節的通道，去看是否一切安好。存糧要分開放，這樣的立意到底是正確的，但也得要有許多像我那樣的堡壘空間才行。更多那樣的空間！當然啦！可是，誰能做得到呢？如果臨時要把這些空間納進我的巢穴總規畫中，現在也已經太遲了。不過，坦白說，問題出在巢穴的缺失，一如所有僅此一款的東西，總是會有缺失。我也承認，在這座巢穴當中，在我朦朧卻又清晰的意識中，我總感到自己想要有更多的空間——假如我的意志力夠堅強的話。我並沒有屈服於這種感受，我覺得自己太虛弱，無法勝任這樣艱困的工作，對，我覺得自己太虛弱，無力去弄清楚工作的急迫性。我的抑鬱有增無減，不由得開始自我安慰，這樣的空間根本是不夠的吧，但是對我來說卻不然，令人慶幸是，我的情況比較特別，也許天意遠離了我，讓我不再捶胸頓足，而滿足於這些空間。如今我只有一個堡壘空間，但那種覺得別人也會滿足於此的陰沉感覺，也全都消失了。事實擺在眼前，我必須在這樣的空間中感到自足，它無法被幾個小空間取代，於是當這個想法在我的腦海中醞釀成熟之際，我就會開始把小空間裡的東西都搬回堡壘空間。有一段時間，我覺得很安慰，因爲我把所有的空間與通道都清空，眼見堡壘空間堆滿了許多肉，混合各種東西的氣味則飄到最外面的通道。每種氣味都令人陶醉，讓我遠遠地就可以分辨。緊接而來的，是一段特別平和的時光，我慢慢地改變了自己睡覺的地方，從最外圍換到了堡壘空間的內裡，我讓自己深深沉浸在那些氣味，直到我無法忍受，一天晚上，衝進了堡壘空間，用力地整理存糧，並且拿最好吃的東西來塡飽肚子，讓自己麻痺。這是一段幸福而又危險的時光，如果有人知道怎麼利用它，就可以傷害我、毀滅我，而不用出一點力氣。由於沒有第二個或第三個巢穴，因此產生了殺傷力，當它們都存在的時候，累積起來的巨大力量會開始誘惑我。我用各種方法來抵抗這種誘惑，其中一種方法就是把東西分散在小地方，可惜的是，這樣就跟其他的方法一樣，匱乏帶來更大的貪欲，而後，貪欲戰勝理智，並且專制地改變了我們原先的抵禦計畫，最後讓貪欲得逞。

經過了一段這樣的時間，我開始集中心神於整修巢穴，經過了幾番必要的改良，我就時常離開它，有時僅是稍微離開一下。如果要我離開巢穴很久，那簡直是種嚴厲的懲罰，不過，暫時出去透透氣是必要的，這點我心知肚明。只要我靠近出口，一種慶祝的心情便油然而生。在家中生活的時候，我甚至會避開通往出口的通道，讓自己別走到通往外界的最後一條分枝，在那裡走來走去並不容易；因爲我設計了各種蜿蜒曲折的通道；從那邊開始就是我的巢穴，那時候我根本不敢寄望它能如期完工，我在這個角落，抱著半遊戲的心情，在建造迷宮當中初次揮灑工作的愉悅。我一度以爲它是所有建築當中最精湛的一個，但今天我也許可以更公允地評判——儘管理論上，這座巢穴也許可愛，但它整體上太多枝微末節，稱不上是秀異的工藝品。這是我通往我的屋子的入口，當時我以嘲諷的語氣跟看不見的敵人說話，看見他們全數在入口處的迷宮窒息——事實上只是薄弱的把戲，面臨重大攻擊，或是遇到絕望奮戰求生的敵人，恐怕難以抵抗。所以我是否應該翻修這個部分？我猶豫再三，入口的迷宮應該會維持原樣吧。先不管那些我嚴格要求自己的繁重工作，這件工程也可能危險到令人難以想像的地步，剛開始建造巢穴時，我可以相對安靜地工作，風險並不比其他時候高，今天如果要施工，差不多就意味著故意讓全世界來注意這座巢穴，今天要做這件事情，是不可能的。我很高興自己對這個初試啼聲之作懷有某種感傷情緒。如果遇到重大攻擊，怎樣的入口設計可以救我呢？入口可以欺騙、分散注意、折磨攻擊者，這也是它在危難之際發揮的功能。不過，要遇到這麼大的攻擊，我還得用盡各種建築手段，以及全身心的力量才行，這是一定要的。所以這個入口應該維持不變。巢穴有許多自然而然產生的缺點，也還有可能是因爲它是由我一手包辦，即便事後才意識到這些缺點，終究要接受它的存在。這個缺失到底是不是令我不安，我並沒有說出來。假如我在日常的散步當中避開了巢穴的這個部分，那麼主要的原因就在於看到它使我不舒服，因爲我不想老是看到巢穴的缺陷，就算它只在我的意識裡翻攪。這個缺失或許會根深蒂固地留在上面的入口，我則會盡可能避免去看見它。就算我只是往出口的方向走，與入口相隔著通道與房間，我還是會以爲自己陷入巨大危險，置身那樣的氛圍，我身上的汗毛彷彿掉光了，彷彿此刻我將赤身裸體站在那裡，迎接敵人的咆哮。當然，出口本身帶給人的，就是這種不健康的感受，家庭的保護到這裡爲止，不過，最令我痛苦的，還是巢穴的入口。有時我會夢見自己翻修了入口，用盡力氣，一夜之間很快地完全翻新，無人發覺，而今難以攻克。夢見這些，是最甜美的眠夢。每當我醒來，歡喜與拯救的淚光仍在我的髮鬢上閃爍。

每當我出門，我的身體也得克服這座迷宮所帶來的苦楚，有時我迷失在自己片刻的幻想之中，這時我會既憤怒又感動，這個作品的評判早已成定局，它還是努力向我證明自身的存在。然後，我會躲藏在青苔底下，每當我久未離家，就會讓自己在那裡歇息一段時間，與森林的土壤一起成長，現在，只要頭輕輕一推，我就置身於陌生之地。而我卻遲遲不敢做這個小小的動作，要是我又無法克服入口迷宮的挑戰，那麼我只能鎩羽而歸。怎麼辦？你的房子被保護著，與外界隔絕，你生活在平和、溫暖、營養充足的環境，你是主人，唯一的主人，掌管數不清的通道與房間，你想要這一切，當然你不願犧牲，但是卻要付出一定的代價，雖然你有信心贏回它，但到底是在從事一場很大、極大的賭局。你是否有合理的理由？沒有，做這種事情並不需要合理的理由。然而，我還是小心翼翼地掀開了天窗，到外面去；我小心翼翼地讓窗門闔上，倏地奔跑，遠離這個陰險的地方。

不過，即便是這樣，我也並不是真的到了自由的野外，就算我不必再讓自己擠在狹小的通道，而是在廣闊的森林裡追獵，感受到體內有了新的力量，那種新生的力量，在巢穴裡面幾乎沒有空間可以發揮，堡壘空間沒有它的容身之地，就算空間變成十倍大也是一樣。外面的食物營養較高，雖然打獵難了些，成功少了點，但各方面的成果都比較有價值，我不否認這一切，我至少懂得跟大家一樣地去理解並享受它，也許我做得更好也說不定，因爲我打獵的時候不會像流浪漢那樣莽撞或絕望，而是安靜堅定地達成目的。我也不是注定要被放逐、生活在野外的人，而是我知道自己的時間有限，我不能在這裡無盡地打獵，當我厭倦了這裡的生活，只要我想，就會有人把我叫去他那裡，而且我將無法拒絕他的邀請。所以我大可以充分享受這段時間，無憂無慮地度過，相反地，我卻沒有辦法這麼做。巢穴耗去我太多心神。我很快地從入口跑開，一下子又跑回來。我給自己找一個好的藏身處，然後從那裡窺視我房子的入口——這次我從外面看——沒日沒夜地窺視。大家也許會覺得這樣很蠢，對我而言，卻有說不出的快樂，它甚至給我帶來安寧。入睡時，我感到自己面對的並不是我的房子，而是我自己，我多想將這份幸福一起帶入夢鄉，同時用力地保護自己。我還有一種特殊能力，可以在夜裡看見鬼，不只在睡覺時容易因喪氣、託身而看見鬼，日常生活中，精神抖擻、可以好好判斷的時候，我也會遇到鬼。我向來相信這是一件嚴重的事，之後我回到底下的房子時，也許也會這麼相信，奇特的是，現在我似乎見怪不怪了。從這點看來（其他方面或許也是，但這點特別重要），這些郊遊確實不可或缺。當然，我小心翼翼地把入口處選在一個稍遠的地方，經過一星期的觀察，我們會發現那裡的交通非常繁忙，不過，也許所有生物居住之地皆是如此，甚至也許把自己放在交通繁忙的地段會更好，可以在其中隨波逐流，總比暴露於全然的孤寂之中，被第一個闖進來的人發現來得好，他虎視眈眈、悄悄出現。這裡有許多敵人，還有更多敵人的幫兇，只是他們也會互相打起來，在打鬥之中經過我的巢穴。自始至終我都沒有看見任何人在入口處查看，這對我們雙方而言，都是一種幸運，因爲要是他被我撞見了，我一定會不知怎地開始擔心巢穴，然後在心焦如焚之際把自己扔進了他的喉嚨裡。當然也有其他族類來襲，我才不敢靠他們太近，只要我遠遠地感應到他們的存在，我就會趕快逃跑，有關他們對巢穴的態度，我其實無緣置喙，不過，後來我很快就回來，發現他們全都走掉了，而且入口完好無損，這樣就令人安心了。有一段幸福時光，我告訴自己，世界對我的敵意也許已經消失或者平息，或者是巢穴的力量將我從迄今爲止的毀滅之戰拉了出來。也許巢穴帶給我的保護，遠比我當時所想到的多，遠比我置身巢穴時所敢於想像的多。事情是這樣的，我有時幼稚地希望自己再也不要回到巢穴，而是在入口附近就地住下，然後過著終生觀察入口的生活，不斷地張望，並且從中找到幸福，如果我置身巢穴，它就會對我嚴加保護。此刻，我幼稚的夢被驚醒了。我在這裡所觀察的，究竟是怎樣的一種保護呢？我到底能不能用自己在外面的經驗，來判定巢穴之內的危險？假如我不在巢穴，我的敵人是否能夠正確地鑑別出來？他們肯定有能力略知一二，但卻無能全面了解。一旦他們能夠全盤掌握我，這不就滿足了危險的基本先決條件？這只是我的牛刀小試，目的是給自己安定身心，透過虛假的安寧來抵禦最大的威脅。不，我並不觀察自己的睡眠，一如我以爲的那樣，相反地，當掠奪者清醒時我正睡著。也許他只是那群動物當中的一員，他們在入口漫不經心地閒晃，跟我一樣只想不斷地查看大門是否安然無恙，並且等待發動攻擊。他們只是經過，因爲他們知道主人不在裡面，或者因爲他們根本知道他正無辜地在旁邊的草叢埋伏。於是我離開了觀察的位置，我受夠了野外的生活，我彷彿什麼都沒法學習了，現在不想學，以後也不想學。我只想跟這裡的一切道別，進入底下的巢穴，再也不要回來。讓萬物自然運行，不要讓無益的觀察耽誤了它們。話說回來，我也被這些事情寵壞了，由於我已經看遍了入口發生的一切事情，所以現在要我躲進下面的巢穴，用這種行爲招惹大家注意，簡直是種痛苦，何況我也不知道在我背後的群衆，還有天窗關起來之後會發生什麼事。我試著先在暴風雨的夜裡把獵物丟進去，看似成功了，不過，到底有沒有成功，之後會證明的，要是我踏進巢穴裡，就可以證明，不過，不再是向我證明，卽便是，那也爲時太晚。所以我就棄之不理，沒有踏進去。我開始挖掘，地點當然是眞實的入口對面不遠處，那是我嘗試挖的地道，它並不比我的身高長，也被一層青苔遮蔽。我爬進地道，在我身後蓋上青苔，接著小心翼翼地等待精心數算、或短或長的日間時光過去，最後把青苔丟開，走出來，接著開始記錄我的觀察。我有過五花八門的經驗，好的壞的都有，但是卻找不到一個放諸四海皆準的法則，或是永遠不會出錯的方法，可以讓我安心地爬回底下的巢穴。因此，現在我還沒鑽進下面的眞實入口，是値得慶幸的事，同時也絕望地希望自己趕快進去。我差點要做出前往遠方的決定，重新過上荒蕪的人生，那樣的生活沒有安全，充滿難以辨識的危險，也因此，大家看不清某些危險，也無從懼怕它。這是我拿自身安全的巢穴跟其他生活做比較之後的心得。這樣的決定當然是再愚蠢不過，只有生活在無意義的自由太久的時候，才會有這樣的想法，巢穴依然屬於我，我只需要往前踏一步就安全了。我掙脫所有的絕望，在光天化日下跑到門口，想把它拉起來卻沒有辦法，我跑過頭了，我故意把自己扔進荊棘叢，好懲罰自己——爲一個我自己也不知道的罪而受罰。因爲無論如何，最後我得說，我說的沒錯，眞的不可能就這樣成功往下爬，而不用在地上、樹上與空中的四面埋伏之中付出我最昂貴的代價，哪怕只是一下子。這樣的危險並不是憑空想像，而是非常眞實的。不見得是我讓哪個敵人起了跟蹤我的興趣，也有可能是任何一隻天眞無辜的小動物，或是討厭的叢林小獸因爲好奇而追蹤我，牠不知道自己因而成爲反對我的世界領袖，如果不是這樣，也沒有比較不糟糕，不過要是那人跟我同類，怎麼說都是最糟的，他或許是巢穴的行家與藏家，某個森林之友及和平的愛好者。要是他現在眞的來了，要是他眞的循著可鄙的貪婪發現了入口，然後開始把青苔撥開，要是他眞的成功，敏捷地把身體塞進來，讓一大片身體被遮住，剩下臀部稍稍露出來，要是這一切眞的應驗，我就會忍不住暴衝，什麼也不管地撲過去，對他狂咬、生吞活剝、飲他的血，然後把他的屍體堆在另一個獵物堆。尤其是，重點是我回到巢穴了，我甚至會開始對那座入口的迷宮感到驚嘆，先是把青苔都蓋在頭頂上，接著我想用所有的餘生來休息。結果沒有人來，我只有自己靠自己。因爲一直忙著艱困的事，於是頓失恐懼，我在行動上不再避開入口，在它附近兜圈成爲我最愛做的事，彷彿我是那伺機而動、等待成功闖入的敵人。要是我有人可以信任，請他幫我繼續觀察，那我就可以放心地下去。我會跟那個可以信任的人約好，讓他仔細觀察我下去的經過，以及之後長時間的情形。如果有危險的徵兆，他可以敲敲那層青苔，沒事的話就不用敲。這樣一來，事情就搞定了，上頭除了我信任的那人之外，沒有多餘的東西。因爲他不會要求回報，至少他不會想看巢穴。要是讓人隨意進到我的巢穴，對我來說再尷尬不過，這座巢穴是我爲自己蓋的，而不是爲了訪客，我想我不會讓他進來，即使是因爲他使我可以進入巢穴，我還是不會讓他進來。但是我根本無法讓他進來，因爲如果要這樣，我就得讓他自己下來，這根本難以想像，再不然就是我們得同時一起下來，這樣一來，本來他可以在後面幫我觀察的這份好處就沒了。我們之間的信任如何？我信任他，但如果我看不見他，或是我們之間隔著一層青苔，我是否還能像平常那樣信任他？信任一個人，如果能同時看著他，或至少能監視他，那麼可能會容易些。我們甚至可能去信任一個遠方的人。只是我從巢穴內裡出來，像來自異世界，要我完全信任外面的人，我想是不可能的。但是這樣的懷疑根本不必要，而只需要想著在我爬下去之後，我信任的這個人會被無數的人生意外所阻礙，沒法完成任務，他小小的阻礙，會給我帶來多麼無法計量的後果啊。不，這一切的結論就是，我一點也不需要抱怨，覺得自己很孤單，沒人可以信任。這樣的話，我不會失去好處，或許還省去了損失。我只能信任自己與巢穴。我應該早點想到，才好應對現在這些令我憂心的狀況。巢穴剛剛起建的時候，至少有一部分是可能的。我應該這樣建第一個通道，也就是在恰當的距離設置兩個入口，這樣我費了九牛二虎之力往下爬進入口，就可以穿過通道，跑到第二個入口，那裡理當設有一層頗有用途的青苔，我可以稍稍揭開，試著幾天幾夜從那裡管窺情勢。那樣肯定萬無一失，就算兩個入口讓危險加倍，不過這種擔憂是微不足道的，主要是因爲其中一個只用來觀察，很可能做得很窄小。想這些東西讓我陷入技術上的顧慮，我又開始夢想自己擁有一個完美的巢穴，這樣多少使我感到安寧，我閉上眼睛，巢穴的各種可能輪番在我的腦海中上演，若隱若現，等待我不受注意地進出。每當我躺在那裡想著這些，就覺得它充滿價值，不過，價值在於技術成就，而非實際的優點，不然那些不受阻礙的進出又是怎麼來的？這件事情指出意識不安、對自身評估缺乏自信，不潔的欲望及糟糕的性格，那種個性還會更糟，因爲巢穴始終都在那裡，有能力帶來和平，只要你願意敞開心胸。如今我自然是在巢穴之外尋找回去的可能，於是非常希望有必要的技術設施。也許根本也沒有那麼需要。假如我們只把巢穴當成可以安全溜進去躲藏的洞，那不過是因爲片刻的緊張與害怕低估了它。當然它也算是安全的洞。每當我幻想自己身處險境，我就會咬著牙、用全副心志把巢穴當成可以拯救我的洞，它可以完美達成這項任務，而我也準備好要豁免它進行其他任務。現在的情況是這樣，它在現實生活中，讓危難中的人們看不見，就算在太平之世，人們也要學會觀看。儘管很安全，其實根本不夠，就算那時候停止了擔憂，那擔憂是另一種更驕傲、有更多故事，往往被埋藏壓抑的擔憂，它的殺傷力也許與在外面生活所造成的擔憂相當。要是我修建巢穴僅是為了確保生命，那麼我就不會欺騙別人，只是考量到巨量的工作與真實的安全度，這種情況對我來說是不利的，至少就我目前可以感受的及可以得到的好處來看是這樣。承認這件事情是很痛苦的，然而就是因為那邊的入口情勢實在緊張，我還是得坦承。我是建造者與所有人，它卻將我隔絕在外。但是巢穴才不是只用來救命的洞！如果我站在堡壘空間，被高高堆起的儲藏的肉圍繞，我的臉環顧那十個從這裡出發的通道，每一條通道都符合整體計畫，往低處或者高起，或直或曲，或寬敞或窄小，每一條通道都一樣寂靜、空蕩，以各自的方式引領我進到許多空間，所有的空間都寂靜且空蕩——於是我不再去想安全的問題，然後我會清楚知道這是我的堡壘，那是我在那片難以駕馭的土地上又抓又咬、又敲又撞，一路胼手胝足換來的。我的堡壘無論如何都不會屬於別人，它完全屬於我，因而我在生命的最後時刻，還是可以安靜地接受敵人給我致命的驚嚇，我的血液會滲入我的土壤而不致迷途。這就是這美麗的時刻最重要的意義了，我在其中半睡半醒、平和地睡著、愉快地醒著，這些通道完全爲我而設，我可以舒服地伸展身體，像孩子般翻滾，躺在那裡做夢，安詳地與世長辭。那裡的小空間，我再熟悉不過。就算每個房間看來都一樣，我閉著眼睛摸摸牆壁，就可以分辨它是哪一間。這些空間平和且溫暖地包圍著我，比鳥巢之於鳥的包圍更甚。一切的一切，寂靜且空蕩。

假如是這樣，那麼我爲何還要猶豫，爲何我更害怕被入侵，而不是擔心自己可能無法再見到巢穴了？幸運的是，後者是完全不可能發生的，根本已經沒有必要去弄清楚巢穴之於我的意義。我跟巢穴彼此相屬，因而我可以靜靜地在這裡安住，即便我的心裡有恐懼。我一點也不用試著克服各種憂慮打開門，只要在這裡無所事事等待就已足夠。因爲沒有任何東西可以把我們長久拆散，無論如何，我終究會下來的。當然，要經過多少時間才能回來，而這當中，上面我們這邊，還有底下那邊又會發生多少事情，自不待言。端看我如何縮短這段時間，必要的事情馬上去做。

此時，我已經累得無法思考，我垂頭喪氣、腿部癱軟，半夢半醒之際，我沒法好好走路，沿路摸索著往入口靠近。我慢慢地先掀開青苔，慢慢爬下去，因爲我的分神，我讓入口就這樣暴露著好長一段時間，後來我才想起自己忘了，趕緊又爬上去補做這件事。可是爲什麼要爬上去呢？只要把那層青苔拉過來就好了，好，所以我又爬下去，最後把那層青苔拉上。此時，在這樣的狀況下，只有在這樣的狀況我才能好好做事。於是我躺在那裡，頂上是青苔，底下是收進來的獵物，任由血水與肉汁在我身上流淌，我渴望已久的睡眠，終於可以落實。沒有東西打擾我，也沒人跟蹤我，青苔之上的一切，至少到現在爲止都看似平靜，就算不平靜，我還是會好好監視，不耽誤這件事情。我換了地方，我從上面的世界來到我的巢穴，因此立即感到它的作用。那是一個嶄新的世界，給人嶄新的力量，這裡沒有上面的那些疲憊。我旅行歸來，疲憊不堪，然而當我再見到老屋時，重建工作百廢待舉，所有的房間需要我短時間大致看過，尤其是要趕緊擠進堡壘空間，凡此種種，使我的疲憊轉爲躁動與狂熱。彷彿我踏入巢穴的那一瞬間，才發覺自己完成了一場既深且長的眠睡。第一件工作非常辛苦，我得全身投入——將獵物穿越迷宮的通道帶進來。那些通道狹窄，牆壁薄弱，我用盡力氣往前進，這樣是可行的，可是我覺得實在太慢了。爲了加快腳步，我在那團肉咬下一塊肉，把它拖回去，我踩過那團肉、穿過它，我只啣著那一塊肉，這樣前進就容易多了，但是現在我在這狹窄的通道被那團肉塞住，要通過那條光是我一個人也不容易過去的通道，可不是一件簡單的事。我差點被自己的儲糧壓得喘不過氣，我只能靠吃吃喝喝來緩解空間的壓迫。不過運送的過程很順利，沒花太長的時間就完成了，我克服了迷宮的障礙，我站在一條眞實的通道裡，深吸一口氣，帶著獵物穿過一條連結的通道，然後來到一條特別爲此一情況而設的主要通道。這裡的地勢非常陡，直達堡壘空間。之後就不用勞動了，那塊肉自己會往下滾動滑落，最後抵達我的堡壘空間！終於我可以好好歇息。一切都沒變，沒有發生重大的不幸，我第一眼發現的一些損傷，很快就可以修補好。只是之前在通道裡面那麼長的遷徙，根本不算辛苦，就像舊時跟朋友閒聊那樣容易，我其實也沒有那麼老，只是許多往事記憶已然模糊，我的所做所爲、所見所聞，全都忘了。現在我開始走第二條通道，我刻意慢慢走，自從看過堡壘空間之後，我的時間多得用不完，在巢穴之中，我總是有用不完的時間，因爲我在裡面做的每一件事，都很好、很重要，某種程度令我滿足。我開始走第二條通道，走到一半突然改變心意，轉向第三條通道，然後沿著它回到堡壘空間。現在我得從第二條通道重新開始工作，把工作當成遊戲，讓工作不斷增生，一邊自得其樂地大笑，我很高興有這些工作，有時也被這麼多的工作弄昏頭，但是卻沒有放棄它。我回來都是爲了你，你的通道、你的空間，尤其是你，堡壘空間。很長一段時間，我非常愚蠢，我過著戰戰兢兢的人生，延誤了回來的時日，我完全不把自己的生命看在眼裡。現在我回到你的身邊，危險能拿我怎樣？你是我的、我是你的，我們連繫在一起，誰能拿我們怎麼樣？也有可能上面有異族入侵，口鼻都準備好砸破青苔進來了。巢穴用它的靜默與空蕩迎接我，說明了我說的沒錯。

不過，此時有種慵懶侵襲了我，於是我在最喜歡的其中一個房間裡讓身體稍微蜷曲著。還有好多地方等著我去看看，我也想好好地把它們看完，我並不想在這裡睡覺，只是受不了誘惑，決定在這裡睡一下，我想了解這裡是否跟以前一樣好睡。結果一樣好睡，而且一睡不可收拾，我陷入了沉睡。我大概睡了很久，直到我自己睡醒，應該只是淺眠，因爲喚醒我的是一種微弱得難以聽見的嘶嘶聲。

我馬上明白是那隻小蟲，因爲我對牠的愛護與疏於監督，於是牠就趁我不在，不知在哪裡鑽出了一條新路。這條路跟某條舊的相毗鄰，空氣從那邊透了出來，連帶那嘶嘶聲也被我聽見了。這群小蟲眞是孜孜不倦，牠們的勤奮眞是煩人。我讓耳朵緊貼著通道的牆壁，一邊偷聽、一邊試著挖洞，我得確認干擾的地點才能消除噪音。而且，新挖的洞如果符合巢穴的需求，剛好可以充當新的通風口。不過，從今以後我還是得對這些小蟲多加留意才行，不能寬待牠們。

由於我有頗多大型調查的經驗，因此並不很花時間，我可以馬上開始進行，儘管眼下還有其他工作，但這件事情最爲急迫，我的通道應該要回歸安靜。其實這種噪音相對無害，我來到這裡時，儘管它早已存在，我幾乎聽不見它。我得回到安居的狀態才能聽見它，某種程度上，只有在崗位上的一家之主的耳朵才能辨識它。而且它並不像其他的聲響那樣持續不斷，它有長長的間歇，顯然是因爲氣流阻塞之故。我開始調查，怎麼也查不到正確的地點，儘管我也挖了幾個溝，但也只是亂挖一通，當然什麼成果也沒有，這樣費力地挖、更加費力地埋，這種工作眞是徒勞一場。我一點也無法更接近噪音之地，那聲響始終微弱，以規律的間歇，時而發出嘶嘶或咻咻的聲音。此刻我也可以暫時拋下它不管，雖然它非常擾人，但是這種噪音的來處，對我來說是毋庸置疑的，所以這種聲音幾乎不會增強，相反地，雖著時間流逝，那些聲音也可能會隨著那些鑽洞小蟲的持續工作而逐漸消失——之前我還不會等那麼久——此外，通常我是一個不小心，就輕易循線發現干擾源，長時間有系統地尋找反而沒用。於是我安慰自己，寧可在通道裡繼續漫遊，探訪各個空間，許多地方我來不及一一再見，間或回到堡壘空間玩耍一會兒。但是，我還是沒法這麼做，我得繼續尋找。我花了好多、好多時間在這些小蟲身上，那些時間本來可以更好地被利用。在這樣的情況下，當然是技術問題吸引著我，譬如我會去想像噪音是怎麼來的，我的耳朵可以分辨所有細微的聲音，而且我會忍不住去確認它是否與事實相符。只要事情無法確定，我就有充足的理由感到不安全，儘管要確定的事情只是從牆上脫落的一粒沙會滾落何方。這樣的一場噪音，從這方面來看，可以說一點也不是不重要。不管這件事重不重要，我怎麼找，就是找不到，難道是因爲我花了太多時間找？想不到這種事情就發生在我最喜歡的空間，我離開那邊好一段距離，幾乎是到另一個空間的半路上，整件事情簡直是笑話，因爲我想證明不是只有我最愛的空間給我帶來這種困擾，而是其他空間也會這樣，於是我開始微笑地傾聽，接著卻很快停止微笑，因爲果然這裡也有同樣的嘶嘶聲。沒事的，有時我覺得除了我以外，沒人會聽見它，我的耳朵經過練習變得更敏銳，所以現在聽得更清楚了，事實上我比較過，處處都有同樣的聲響。它的聲音不會變大，我不用隔著牆偷聽，光是在走道中間就聽出來了。這樣一來，我只能非常費力、非常專心地對那些聲音捕風捉影，與其說是聽見，不如說是猜出。恰恰是這種無處不在且相同的感受最干擾我，因爲它跟我起初想的都不一樣。要是我正確猜出聲響的來源，那麼它一定是大聲地從某個地方傳來，而且會愈來愈小聲，而那個地方，再怎麼說應該要找得到。如果我的說法有誤，那麼該是如何呢？也可能是有兩個音源，而且我只能遠遠聽見，只要接近其中一個音源，聲響就會變大，但由於另一個來源的聲音變小，耳朵所聽見的整體音量都是一樣的。每當我仔細聽，就會感到聲音的差異，這與我新的假設相符，儘管聽來還是很不清楚。無論如何，我把試驗的區域延伸到很遠的地方，不限於目前所在之處。因此我沿著通道往下，直到堡壘空間，開始在那裡聆聽。太奇怪了，這裡也有同樣的聲響。那是某種微不足道的動物挖洞的聲音，牠們卑鄙地在我不在的時候乘虛而入，無論如何，牠們無意反對我，只是忙著做工，只要前面沒有阻礙，牠們就會往既定的方向前進，儘管我知道這一切，牠們竟敢進犯堡壘空間，這點還是令我費解、激動，害我失去理智，無法好好工作。我不想追究原因——或許是因爲堡壘空間的位置太深，或是因爲它的範圍廣大、有很好的空氣對流，所以我把挖洞的小動物都嚇跑了，還是事實上是堡壘空間的一些傳聞讓牠們感官麻木了，總之到目前爲止，我都沒有看到牠們聚集在堡壘空間的牆壁開挖。雖說動物們來過，牠們會被獵物蒸發的濃烈氣味吸引，但是牠們都會從上面的通道挖洞，然後誠惶誠恐，又禁不住吸引地跑下來。現在牠們卻把牆壁也鑿穿了。要是我至少還執行了少壯時期最重要的那些計畫，或者更確切地說，要是我有力氣去執行它們就好了，因爲我向來不缺意志力。我心愛的其中一個計畫就是讓堡壘空間跟周圍的土地脫離開來，也就是說，讓牆壁的厚度跟我的身長相當，然後在堡壘空間的周圍，也就是堡壘空間跟土地之間無法隔斷的地基，用跟牆壁厚度等寬的中空地帶來塡充它。我時想像在這個中空地帶裡面有爲我量身訂做、最棒的歇息地，這樣說並不是沒有道理。攀附在弧形的外牆，往上爬、向下滑，翻個筋斗，然後又在地上站起來，這所有的遊戲，我可以在堡壘空間的軀殼之上好好地玩，而不用在實際的空間裡面。我可以避開堡壘空間，讓眼睛暫時休息一下，不用一直看，過幾小時再來感受看見它的喜悅，而不必因爲離開而惦念，還能夠用利爪好好抓住它，這種情況，是當只有一個普通的開放入口時根本無法做到的。尤其是我可以看守它，用這樣的方式來補償自己的缺憾。假如可以選擇待在堡壘空間，或是留在中空地帶，當然是要選擇一輩子所有的時間都待在中空地帶，我只要能一直在那裡上上下下遊蕩，保衛堡壘空間就好了。這樣的話，牆壁就不會有噪音，不會有人放肆挖洞，一路往堡壘空間去，於是一切就會保持和平安寧，而我就是它的守衛，不用因爲聽見小小的異類挖洞而感到厭惡，而是因爲聽見堡壘空間的寂靜之聲而感到狂喜。此刻的我，完全錯過了那寂靜的聲音。只是這一切的美好，如今根本不存在，我得上工，我的工作與堡壘核心有直接的關係，這點眞該令人感到高興，因爲它鼓舞我前進。我才明白，我得花上所有力氣去進行這些一開始顯得微不足道的工作。此刻，我偷偷聽著堡壘空間的牆壁，凡我聆聽之處，無論高處低處，牆壁或者地面，入口或是內部，處處都充滿了一樣的聲響。要花上多少時間、多少緊繃的心情，才能長久聆聽那間歇的聲響？如果你想，也可以稍稍安慰自己好自我欺騙，因爲大家在堡壘空間，這裡因爲空間大、跟通道那邊不同，所以如果耳朵沒有緊貼牆面，就什麼也聽不見了。出於追求安寧與自我反省，我時常做出這樣的嘗試，我亦步亦趨地聆聽，而且會因爲什麼也沒聽見感到高興。不過話說回來，到底發生了什麼？面對這個現象，我的第一種解釋完全沒用。我也想過其他的解釋，但很快就推翻了。大家可能會認爲我所聽見的，正是工作中的小蟲的聲音。這跟我的一切經驗相違背，我從來沒聽過這回事，就算眞的有這些聲音，我卻無法突然開始聽。這些年在巢穴裡，我也許是對干擾愈來愈敏感了，但我的聽覺卻絲毫沒有更敏銳。這正是小蟲的特質，我們聽不見牠的存在，否則我會容忍牠嗎？冒著可能餓死的危險，我寧可讓牠們滅絕。不過，我忽然靈光一閃，也許整件事情在於——那種動物是我還不認識的。有可能是這樣，儘管我在底下已經小心翼翼地觀察了很長一段時間，但是這個大千世界總不缺可怕吃驚的事情。突然入侵我地盤的，應該不會只是一隻動物，而是一大群，一大群小動物，儘管牠們與小蟲相比，聲音是讓人聽得見的，卻僅略勝一籌，因爲牠們工作只發出微小的聲音。有可能是不知名的動物正在遷徙，牠們只是經過，干擾了我，但遷徙的隊伍很快就會終結。所以我其實可以什麼也不做，在那裡等待就好，那些工作終究是多餘的。不過，如果是陌生的外來動物，爲何我不曾見過牠們？現在我爲了抓到牠們其中一隻，已經做了很多挖掘工作，結果一隻也沒有。我想到也許是因爲動物太小了，小到比我知道的任何一種動物都微小，只有發出的聲音比較大。所以我開始檢查挖出來的泥土，我把土塊往上拋，讓它們化成碎塊崩落，裡面還是沒有製造噪音的元凶。慢慢地我認清，隨地亂挖根本於事無補，這樣只是在巢穴的牆上亂抓，急忙地東翻西找，卻沒時間把洞填補回來，許多地方都是土堆，擋住了去路與視線，當然這一切對我來說都不礙事，現在的我，既無法四處遊逛，也不能好好休息，更多時候，有那麼一下子，我會在某個洞裡工作到睡著，我的爪子挖進土裡，半夢半醒之間，我還想扯下土塊。現在我要改變我的方法。我會朝聲響的方向挖一個大地道，在我擺脫所有理論，發現造成聲響的眞正原因之前，我不會停止挖掘。然後，只要我的力氣允許，我就會除掉它，要是我沒有力氣，至少我確定了原因。這種確定感帶給我的不是安寧就是絕望，兩種結果都是理所當然、不用懷疑的。我很高興自己做出這個決定，現在看來，我先前所做的一切都操之過急了，剛回來時我心情激動，還沒擺脫在地面世界的擔憂，還沒完全進入巢穴的平和感受，我離開太久、心生缺憾，變得過度敏感，於是遇上一件奇怪的事就失去理智。那是什麼呢？是一種輕微的嘶嘶聲，經過長長的間歇還是可以聽見，那聲音根本不算什麼，我不會說大家可以習慣它的存在，不，大家不會習慣的。不過，大家不急著消滅它的話，倒是可以好好觀察一段時間，也就是把耳朵湊過去聽個幾小時，然後耐心地登記結果，而不是像我一樣，把耳朵貼在牆上，聽到一點風吹草動就開始亂挖牆上的泥土，這樣根本無法找到該找的東西，而這種行爲只是因爲內心不安所致。現在一切都不一樣了，我如此希望，卻又反悔了，因爲不安在我的內心顫抖，此刻我閉上眼睛、憤怒地坦承，幾個小時之前我就如此不安，假如理智不拉我一把，那麼我可能就會在某個地方一意孤行，不管那邊到底有沒有聲音，就開始爲了挖洞而挖洞，就像那些小蟲，牠們挖洞不是漫無目的，就是爲了把土吃進肚子裡。這個理性的新計畫可說是既吸引我，也不吸引我。我沒有要反對它，至少我找不到理由反對，就我所知，這個計畫一定可以落實。儘管如此，我基本上並不相信它，所以也從不擔心計畫可能有的恐怖後果。對，我從來不相信會有恐怖的後果，早在聲響第一次出現的時候，我就想到可能會有挖洞的後果，只因當時沒把握，於是一直沒有開始。即便如此，我當然還是要開始挖洞，我別無選擇，但我不會馬上開始，而是稍微推遲工作，該恢復理智就要好好恢復，我不會陷在這種工作裡面。無論如何，我會先彌補挖掘工作給巢穴帶來的損害，這需要不少時間，卻非常必要。要是眞挖出了什麼結果，那一定是很長的一條地道；要是挖不出什麼名堂，那麼肯定會沒完沒了，無論如何，這份工作意味著離開巢穴很久，它固然不像上面的世界那麼糟，我可以隨心所欲地中斷工作、回家看看，就算我沒打算回家，堡壘空間的空氣也會向我吹拂，在我工作時環繞著我，但是它仍然意味著我要離開巢穴、隨命運擺布，因此我想留下一個保持完好的巢穴，而不是落人口實，說我爲了安寧而奮戰，卻自己毀了它，而不趕快讓它恢復。就這樣，我開始把泥土塡回那些洞，我很熟悉這樣的工作，有無數次，我幾乎沒意識到自己在工作就完成了，我有無與倫比的能力去完成它，尤其是最後把它壓平、磨亮的步驟，不是我在自誇，這是眞的。這次對我來說卻很困難，我太分心了，老是工作到一半就把耳朵湊到牆邊偷聽，對於底下剛要鏟起來的泥土視若無睹，任由它飄回地面上。最後的美化工作很需要更加全神貫注，我實在做不到。結果就是到處隆起或是難看的裂縫，更別說是那片被各種彎曲形狀補丁的牆了。我試著自我安慰——這份工作只是暫時的。等我回來，一切恢復平靜的時候，我會好好讓它改頭換面，一定會順利的。對，童話故事都演得那麼順利，這種安慰也是童話的元素之一。最好是現在就把喜歡的工作做好，這樣比較務實，勝過一直中斷工作四處遊走，尋找通道裡的聲音從哪裡來。這眞的非常簡單，只要站在隨便一個地方偷聽就可以了。除了這個，我還發現了其他沒用的事情。有時候我以爲沒有聲響了，它的間歇很長，有時我漏聽了嘶嘶的聲音，耳畔充滿的卻是脈搏跳動的聲音，這時候，兩次間歇相連；有那麼一段時間，我以爲嘶嘶聲就此結束了。這時我就不再偷聽，我會跳起來，整個人生都翻轉了，感覺就像泉源開啟，巢穴的寧靜汩汩流出。我小心翼翼，沒有去檢查這個新發現是否爲眞，而是趕快去找昔日信任至極的朋友，於是我快馬加鞭，前往堡壘空間，這時我想起自己才剛剛醒來，生活一切如新，而且好久沒吃東西了，於是我將一半埋在地底下的存糧拉出來，一邊狼吞虎嚥，一邊跑回那個新發現的不可置信的地方。匆忙之中，忙著吃東西的時候，實在無心做出判斷，不過，只要稍加聆聽就會發現，原來我錯得一蹋糊塗，那嘶嘶聲正在遠處持續地響。我趕緊吐出食物，我多想把食物踩在地上。我回去工作，卻完全不知道要去哪個地方工作，哪裡有需要我就去，這種地方夠多了，我機械性地開始做些事情，彷彿是有人來監工了，得在他面前演個戲、虛晃一招。不過，這麼工作不用多久，就會有新發現。聲響似乎變大了，當然不是太大聲，重點總是在於那細微的差異，不過，音量確實有稍微變強，耳朵清晰可辨。音量變強，意味著愈來愈接近，聲音愈來愈明晰，不只是音量變強而已，你彷彿看見了愈來愈靠近的腳步。你從牆邊跳開，你用盡全力讓自己不去想，這個發現可能帶來的後果。你突然感到自己當初建造這個巢穴，從來都不是爲了要用來抵禦侵略，你曾經想過，只是跟所有的生命經驗相比，你根本不會想到被侵略的危險，並且爲此進行抵禦措施，有時你不是沒想到（怎麼可能！），但是在追求平和生活的各種方法當中，它是最不重要的，所以我才把巢穴中所有其他的事情列爲優先。依循這個方向，我完成了許多事，而沒有干擾到建築的基礎計畫；錯過了防禦工事，其實是令人難以理解的。這些年來我非常幸運，好運把我寵壞了，我變得不安，但是在幸運中不安，是沒有用處的。現在，接下來要做的，其實就是根據防禦措施及所有可能發生的事，把巢穴好好地檢查一遍，然後精心制定防衛所需的建築計畫，接著像一名青年那樣充滿朝氣，立即開始工作。那會是必要的工作，總之非常必要，就算後來爲時已晚，那絕不是爲了某個大型研究而進行的挖掘，其實它的目的只有一個，也就是使我無可抵擋地，全身心投入於尋找危險；說來瘋狂，我竟然擔心危險不早點來。我突然不懂之前的計畫了，曾經我那麼懂它，現在卻一竅不通了，於是我停止工作、停止偷聽，停止去發現音量是否繼續變強，我發現的事情已經夠多，我要放掉一切，如果我消除了內在的矛盾，就會心滿意足。於是我讓自己沿著各種通道繼續漫遊、愈走愈遠，我回來以後，還不曾見過這些地方，我的利爪還不曾碰觸過它，寂靜在我到來之際甦醒，而後覆蓋在我身上。我沒有任它擺布，我匆忙地走進去，完全不知道自己在找什麼，也許我只是想延長時間。我偏離到遠方，最後來到那迷宮，它吸引我的耳朵靠近那層青苔聆聽，那東西多遙遠，在那一瞬間它多麼遙遠，攫住了我。我的身體往前靠近，繼續聆聽。深深的寂靜。這裡多美好，沒人理會我的巢穴，人人各忙各的，跟我一點關係都沒有，我該怎麼做才能抵達這樣的境界？現在，這層青苔，也許是巢穴中唯一可以讓我聆聽數小時而一無所獲的地方。它讓巢穴的情勢逆轉，本來危險之地，變成和平的地方，堡壘空間則被拖到喧譁的世界及其煩惱之中。更糟的事情，是這裡其實也沒有和平，這裡什麼都沒變，無論寂靜或喧鬧，危險一如既往地埋伏在青苔之上。我卻變得無動於衷，而全神貫注於牆上的嘶嘶聲。是我太全神貫注嗎？那聲音愈來愈大、愈來愈靠近，而我蜿蜒爬行、穿越迷宮，然後在那層青苔底下歇息，只要我在上面這裡可以獲得短暫安寧——彷彿把房子轉讓給發出嘶嘶聲的小蟲——總之，我的心已經滿足。發出嘶嘶聲的小蟲？難道是我對聲響的來源有了新的想法？那聲響應該是從小蟲所挖掘的地道那邊傳來的？這不是我的個人意見嗎？我似乎還沒拋棄這個想法。如果它不是從地道直接傳來，那應該也會是間接的。假如跟地道一點關係都沒有，那麼一開始根本就不應該假設，而是耐心等待，直到眞的找出原因，或讓它自己現形。現在當然也還可以不斷假設，譬如我們可以說遠方某處鬧水患，那些我聽來像是嘶嘶或咻咻的聲響，其實是水流潺潺的聲音。這方面我毫無經驗，但撇開這點不管，我是先發現了地下水，然後再將它引流到別處的，它並沒有再流回這片沙土——撇開這點不管，它眞的是嘶嘶聲，而不該被解釋成潺潺的水聲。然而否認這個說法，是沒有用的。這些警告對於安寧於事無補，想像力不願停歇，因此我相信那嘶嘶聲是從一隻動物身上發出來的，一定是動物，而且不是一群，而是一隻大型的動物。有些反對的論點是這樣——那聲響到處都聽得到，音量總是相當，而且白天晚上都很規律。當然，一開始我會傾向假設有許多隻小動物，而後我什麼也沒找到，所以就剩下大隻動物的假設，尤其是假設似乎被一些事情推翻，不只讓動物的的存在變成可能，而且讓牠變得超乎想像地危險。因此我沒有抗拒這個假設。我放棄這樣的自我欺騙。很長一段時間，這個想法在我的腦海中盤旋——那聲音之所以遠遠地就能聽見，是因爲牠拚命工作，牠動作迅速、在底下挖洞，彷彿在行人暢通無阻的通道行走，泥土在牠挖的地道周圍震盪，就算牠只是走經過，也是一樣，這種餘震與工作的聲響，在遠處合而爲一，而我聽見的，是最後平息的聲音，因此聽起來到處都一樣。而且原因還包括了動物並不是向我走來，所以聲響沒有改變，相反地，有個我看不透意圖的計畫正在進行著，我其實不想這麼聲稱——我只能假設那隻動物知道我、包圍我，自從我開始觀察以來，牠已經在我的巢穴周圍繞幾圈了。現在，那聲響愈來愈大，牠繞的圈子愈來愈窄小。無論是嘶嘶還是咻咻聲，這種聲響的形態讓我想很多。我用自己的方式在地上挖土的時候，聲音是完全不一樣的。我只能解釋，嘶嘶聲是因爲那隻動物並沒有拿可能派上用場的爪子當主要工具，而是用牠的鼻與喙，它們顯然有巨大的力量，而且也非常銳利。也許牠是用喙猛力撞進土裡，然後把一大塊泥土揪出來，這時候的我什麼也沒聽見，那是間歇，接著牠吸了口氣再撞一次，這次吸氣，聲響驚天動地，不只是因爲牠的力氣很大，而是還有牠的急促與汲汲營營，這樣的噪音在我的耳朵裡變成了微弱的嘶嘶聲。牠何以能夠這樣毫不停歇地工作，實在令我百思不得其解，是不是那幾次短暫的間歇裡面，也包含了幾檔小憩的機會？但是顯然不可能有好好休憩的時機啊，牠白天晚上都在挖洞，力氣與精神始終如一，爲了見到最急迫的計畫執行完成，需要具備各種能力才行。我還沒想過會有這樣的敵人。不過，除了牠的這些特點之外，現在還發生了一些事情，那是我一直以來都會害怕的事，而且早該做好準備來防止這種狀況——有人過來了。爲何一切會這麼長時間地安靜又幸福呢？是誰把敵人的去路引向其地方，讓他們在我的地盤附近繞了一大圈？爲什麼我被保護這麼久，導致現在那麼容易受驚嚇？跟現在的這個危險相較，我之前花那麼多時間想破頭的所有一切，都顯得微不足道！身爲巢穴的主人，我難道不希望自己能有對抗所有外侮的優勢？正因爲我是這個巨大而敏感之作的主人，可想而知，面對所有重大的攻擊，我是手無寸鐵的。擁有它的幸福把給我寵壞了，它如果受傷，彷彿就是我自己受傷了一樣。我早該預知到這點，不應該只想著自己如何防禦——這部分我做得既容易又無效——而是要去思考巢穴的防禦能力。必須做好萬全準備，在巢穴受到攻擊之際，以最短的時間讓它土崩瓦解，好讓較少受到損傷的部分被隔開來，瓦解的土塊可以變成有效的隔離，讓攻擊者完全摸不著頭緒，不知道那土塊的後面原來就是眞正的巢穴。再者，這種土崩瓦解的辦法不僅可以把巢穴隱藏起來，而且還可以掩埋攻擊者。我絲毫沒有展開行動，完全沒有，任何這方面的措施都沒有做，我像個孩子那樣草率輕浮，我的少壯年代都像孩子那般玩耍度過，連想著危險都是孩子的戲耍，完全錯過了對於危險的眞實思考。不過，警告卻一點也沒有少。現在降臨的這種景況，以前完全沒有發生過，而在巢穴啟建之初倒是發生過類似的事。差別主要在於那是巢穴啟建的初期。那時我還是個在第一條通道工作的小學徒，迷宮還只是一個大型藍圖，我挖好了一個小空間，無論規模或是牆壁的處理都很失敗，起初的這一切都只能說是一種嘗試，要是有一天失去耐性，突然停工也不會覺得太可惜。曾經有一次，當工作到一半休息的時候（在我的一生中時常這樣做），發生了一件事——我躺在土堆之間，突然聽見遠方傳來聲響。那時我還年輕，那些聲響引來我的好奇多過於畏懼。我停下工作，轉而聆聽那聲響；我一直在那裡聽，卻沒有爬到上面的那層青苔底下，好讓自己往上攀，那樣就不用偷聽了。至少我一直偷聽著。我可以聽出那是挖掘的聲音，那聲音跟我的很像，聽起來比較微弱，但是我實在不知道聲音到底有多遠。我很好奇，同時也保持冷靜。我心想，也許此刻我身處陌生人的巢穴，所以巢穴主人正往我的方向開挖。要是這個假設是正確的，那我就會搬到其他地方去築巢，因爲我一點也沒有掠奪與攻擊別人的欲望。當然那時候我太年輕了，還沒有自己的巢穴，我還可以保持冷靜。而且接下來發生的事也不怎麼令我激動，我只覺得要判別那是什麼並不容易。如果在那裡挖掘的人是因為聽見了我也在挖而真的針對我，那麼我們就無法確定他是否改變了方向，就像現在發生的那樣——我停止工作使他失去了前進的線索，或是他自己改變了意圖。也許根本是我自己搞混了，他根本沒有針對我，總之有一陣子，那聲響愈來愈大聲，彷彿愈來愈靠近，那時我還年輕，如果突然看見挖掘的人從泥土中蹦出來，也許根本覺得相安無事，最後當然沒有發生，從某個時間點開始，挖掘的聲開始變弱，它愈來愈小聲，好似挖掘的人逐漸偏離了原來的方向，突然間，那聲音完全中斷，彷彿它決定往相反的方向去，直接掉頭，離我愈來愈遠。我在寂靜之中聆聽良久，才又開始工作。這個警告已經夠清楚了，但我很快地忘記了，在我的建築計畫中，它一點影響力也沒有。那時到今天為止的時間，就是我的少壯時代，不能說這段時間什麼也沒發生，我始終休息很久才又工作，並且倚著牆聆聽。最近，那位挖掘者改變了牠的意圖，牠回來了，牠旅行歸來，並且覺得自己已經給了我足夠的時間演練接待牠的到來。然而就我的立場而言，現在的一切跟當初比起來，實在準備不周，巨大的巢穴在那裡，卻無能防備，我已經不是一個小學徒，而是個老建築師了，面臨抉擇的時刻，我已經沒有力氣了。不管我多老，我似乎願意變得更老，老到讓自己在青苔底下爬起來都沒辦法。事實上，我已經受不了這裡了，我起身衝進屋裡，彷彿充滿內心的不是安寧，而是新的憂慮。我離開之前的情況如何？嘶嘶聲愈來愈弱了嗎？不，它變大聲了。我隨意找了十個地方偷聽，發現很明顯是我錯了，嘶嘶聲根本一樣大，一點也沒有改變。那邊的情況沒有改變，令人安寧，且忘了時間，在這邊偷聽的我，卻是時時刻刻都戰戰兢兢。我再度走了一大段路，回到堡壘空間，我似乎驚動了四周的一切，它們似乎都在注視我，並且馬上別過頭去，以免打擾我，接著盡力想從我的表情看出我決定的解救辦法。我搖搖頭，我還沒有任何決定。我也不去堡壘空間執行任何計畫。我只是走經那個本來想爲了研究而進行挖掘的地方，我再檢查一次，那應該是個不錯的位置，應該要朝這個方向挖掘才對，大多數的小通風口都在這裡，應該會讓我的工作輕鬆許多，也許我根本不必挖得太遠，根本不必往前挖到聲響的源頭，也許只要以那些小通風口偷聽就可以了。然而我卻找不到強而有力的說法，讓我甘於這樣的挖掘工作。這樣的挖掘應該可以讓我更加確知情況？我差不多到了不想確知情況的地步。我在堡壘空間選了一塊去了皮的紅肉，然後帶著它爬進了其中一個土堆；只要這裡還有眞正的安靜，那裡無論如何一定是安靜的。我舔著那塊肉，開始偷偷地吃它，有時忽然想起那隻陌生的動物，牠在遠方走著，然後我想到自己只要還有機會，就應盡情享受存糧。最後一個念頭也許是唯一可行的計畫。此外，我也還留著尋找那隻動物的計畫，好給自己解謎。牠是在遷徙，還是在自己的巢穴工作？如果牠在遷徙，那麼也許跟牠談和是可能的。如果牠眞的是要朝我進犯，那麼我就會給牠一些自己的存糧，牠就會繼續走牠的了。應該吧，牠會繼續走牠的。在我的土堆裡，什麼夢我當然都可以做，和解的夢也敢做，就算我知道這種事情不可能發生，當我們見到彼此的時候，當我們感覺到彼此就在附近的時候，說時遲那時快，一陣飢餓的感覺剛剛襲來，這時就會不自覺地在對方面前露出自己的爪牙。一如以往，這麼說絕對有道裡，誰不會因爲見到了我的巢穴而改變自己的旅行與未來計畫？不過，也許這隻動物是在自己的巢穴挖掘，這樣的話，我做夢也別想交流了。就算那可能是一隻非常奇特的動物，可以忍受有鄰居的存在，我的巢穴卻無法忍受，至少它無法忍受一個老是發出聲音的鄰居。現在，那隻動物自然顯得非常遙遠，假如它再後退一些，那聲響或許就消失了。也許這樣一來，一切都好了，就像回到舊時光。那麼，這些事情就會化爲一場雖然不好、卻對我有幫助的經驗，它會激勵我在各方面作出改善，如果我能保持安寧，沒有立卽的危險威脅我，那麼我就還有能力面對各種可觀的工作。也許那隻動物因爲發現了自己工作力量的巨大潛能，於是放棄將牠的巢穴往我這邊擴張，於是在其他方面彌補自己。這種事情當然不能用談判來完成，而是得靠動物自己的理智，或是由我這邊來脅迫牠。這兩方面，重點都在於動物是否知道我，或是了解我多少。我想得愈多，就愈是覺得那隻動物不可能聽見過我，不可能的，就算我無法想像有些關於我的消息在外面傳布，但是牠應該沒聽說。只要對牠一無所知，牠就絕對不會聽見過我，因爲我的行事低調安靜，沒有比再見到巢穴更加安靜的事情了。我試著挖掘，牠或許聽見了我，儘管我挖掘的方式很少有噪音。要是牠還是聽見了，那麼我一定會察覺到，至少在工作中需要時常中斷，開始聆聽——但是一切都沒有改變……

本文寫於一九二三年十一月至十二月間，一九二八年首度發表於維也納藝文雙月刊《維提果：藝術與文學雜誌》（*Witiko, Zeitschrift für Kunst und Dichtung*）。一九三一年出版於馬克斯・布羅德為卡夫卡編選出版的遺稿集《中國長城建造時：卡夫卡遺稿集》。標題〈巢穴〉（Der Bau）為馬克斯・布羅德所加。

法蘭茲·卡夫卡年表

一八八三年　法蘭茲·卡夫卡於七月三日在布拉格出生，是商人赫爾曼·卡夫卡（Hermann Kafka）和妻子茱莉·洛維（Julie Löwy）的第一個孩子。卡夫卡有三個妹妹，愛莉·卡夫卡（Elli Kafka）、娃莉·卡夫卡（Valli Kafka）與奧特拉·卡夫卡（Ottla Kafka）；另有兩名早夭的弟弟。

一八八九—一九〇一年　先於肉品市場旁的國民小學就讀，一八九三年進入舊城區的德語中學，一九〇一年夏天中學畢業。

一九〇一—一九〇六年　就讀於布拉格德語大學（Deutsche Universität Prag）；起初修習化學、德語文學及藝術史課程，後來改讀法律。

一九〇二年　十月時與馬克斯·布羅德（Max Brod）首次相遇。

一九〇四年　開始寫作〈一場戰鬥紀實〉（Beschreibung eines Kampfes）的初稿。

一九〇六年　於六月獲得法學博士學位。

一九〇六—一九〇七年　在布拉格地方與刑事法庭實習。

一九〇七年　著手寫作〈鄉村婚禮籌備〉（Hochzeitsvorbereitungen auf dem Lande）的初稿。

一九〇七—一九〇八年　於布拉格「忠利保險公司」擔任臨時雇員。

一九〇八年　三月時首度發表作品：在文學雙月刊《亥伯龍神》（*Hyperion*）發表了幾篇短篇散文，均以〈沉思〉（Betrachtung）爲題；七月三十日進入「波西米亞王國布拉格勞工事故保險局」任職。

一九〇九年　於初夏開始寫札記；九月時和布羅德兄弟一同去義大利北部旅行，隨後在布拉格的《波西米亞日報》（*Bohemia*）發表〈布雷西亞的飛行機〉（Die Aeroplane in Brescia）；秋天編修〈一場戰鬥紀實〉的第二個版本。

一九一〇年　三月底在《波西米亞日報》發表了幾篇以〈沉思〉爲題的短篇散文；十月

時和布羅德兄弟前往巴黎旅行。

一九一一年

夏天時和馬克斯・布羅德前往瑞士、北義大利和巴黎旅行；九月底時在蘇黎世附近的「艾倫巴赫療養院」休養；遇見一個曾在布拉格演出數月的意第緒語劇團。

一九一二年

夏天時和馬克斯・布羅德前往萊比錫和威瑪旅行，隨後在哈茨山區施塔伯爾堡附近的「容波恩自然療養院」短期休養；八月時和菲莉絲・包爾（Felice Bauer）在布拉格首度相遇，九月時開始和她通信；寫出的作品包括〈判決〉（Das Urteil）和〈變形記〉（Die Verwandlung），卡夫卡同時開始創作長篇小說《失蹤者》（*Der Verschollene*，一九二七年由馬克斯・布羅德以《美國》〔*Amerika*〕為題首度出版）；十二月，卡夫卡的第一本書《沉思》由德國萊比錫「恩斯特・羅沃特出版社」出版。

一九一三年

和菲莉絲密集通信；五月底時《司爐：未完成的文稿》（*Der Heizer*，《失蹤者》的第一章）在「庫爾特・沃夫出版社」的「最新一日」（Der jüngste Tag）系列中出版；六月時〈判決〉在布羅德編集的文學年鑑《阿卡迪亞》（*Arkadia*）中發表；九月時前往維也納、威尼斯及里瓦旅行。六月一日和菲莉絲在柏林正式訂婚，七月十二日解除婚約。

一九一四年

七月時經由德國北部呂北克前往丹麥的瑪麗里斯特旅行；八月初開始寫作小說《審判》（*Der Prozess*）；在接下來這段創作豐富的時間裡，卡夫卡還寫了〈在流刑地〉（In der Strafkolonie）等短篇故事。

一九一五年

一月時，在解除婚約後首次和菲莉絲見面；〈變形記〉發表於十月號的《白書頁》（*Die Weien Blätter*）文學月刊；獲頒「馮塔納文學獎」（Fontane-Preis）的卡爾・史登海姆（Carl Sternheim）把獎金轉贈給卡夫卡，作爲對他的肯定。

一九一六年

和菲莉絲的關係再度親密，七月時兩人一同前往瑪麗亞溫泉鎮度假；開始用八開的筆記簿寫作；十一月，《判決》在庫爾特・沃夫出版社的「最新一日」系列中出版。

一九一六—一九一七年

在位於黃金巷的工作室裡完成了許多短篇作品（主要包括後來收錄在《鄉村醫生》〔*Ein Landarzt*〕中的作品）。

一九一七—一九一八年

七月時和菲莉絲二度訂婚；八月時首度發現染患肺病的徵兆，九月四日診斷爲肺結核；十二月時二度解除婚約。

一九一七—一九一八年 在波西米亞北部的曲勞度過一段休養假期，住在一間農舍裡，由妹妹奧特拉料理家務；寫下一〇九條編號的《曲勞箴言錄》。

一九一九年 夏天時和茱莉・沃麗采克（Julie Wohryzek）訂婚；《在流刑地》於秋天在庫爾特・沃夫出版社出版；十一月時完成〈給父親的信〉（Brief an den Vater）。

一九二〇年 四月時在義大利梅蘭度過療養假期；開始和米蓮娜・葉森思卡（Milena Jesenska）通信；春天時在庫爾特・沃夫出版社出版了短篇故事集《鄉村醫生》；七月時解除了和茱莉・沃麗采克的婚約。

一九二〇—一九二一年 在塔特拉山的馬特里亞里療養（從一九二〇年十二月至一九二一年八月）。

一九二二年 從一月底至二月中於科克諾謝山的史賓德慕勒療養；開始寫作小說《城堡》（*Das Schloss*）；此外尚完成〈飢餓藝術家〉（Ein Hungerkünstler）等短篇；七月一日卡夫卡從「勞工事故保險局」退休；七月底至九月在波西米亞森林魯許尼茲河畔的卜拉那度過。

一九二三年

七月時在波羅的海的濱海小鎮米里茲和朵拉．迪亞芒（Dora Diamant）首度相遇；九月時從布拉格遷至柏林，和朵拉共同生活；寫出〈一名小女子〉（Eine kleine Frau）等作品。

一九二四年

健康情形惡化；三月時回到布拉格；完成〈約瑟芬、女歌手或者耗子的民族〉（Josefine, die Sängerin oder Das Volk der Mäuse）；四月時住進奧地利歐特曼一地的「維也納森林療養院」，隨後被送至維也納「哈謝克教授醫院」，最後住進維也納附近基爾林一地的「霍夫曼醫師療養院」；卡夫卡開始校訂他的故事集《飢餓藝術家》；六月三日去世；六月十一日葬於布拉格城郊史塔許尼茲的猶太墓園。

卡夫卡遺稿集

八開本筆記及其他

Franz Kafka

Die Acht Oktavhefte
und andere Schriften
aus dem Nachlass
1916 - 1924

作　　者｜法蘭茲・卡夫卡　Franz Kafka
譯　　者｜彤雅立

副 社 長｜陳瀅如
總 編 輯｜戴偉傑
責任編輯｜涂東寧
行銷企劃｜陳雅雯、趙鴻祐
封面設計｜IAT-HUÂN TIUNN
內頁排版｜宸遠彩藝
印　　刷｜呈靖彩藝有限公司

出　　版｜木馬文化事業股份有限公司
發　　行｜遠足文化事業股份有限公司（讀書共和國出版集團）
地　　址｜231新北市新店區民權路108-3號3樓
電　　話｜(02)2218-1417
傳　　真｜(02)2218-0727
客服信箱｜service@bookrep.com.tw
客服專線｜0800-221-029
郵撥帳號｜19588272木馬文化事業股份有限公司
客服專線｜0800-221-029
法律顧問｜華洋法律事務所　蘇文生律師

初版一刷｜2024年8月
初版二刷｜2024年10月
I S B N｜9786263147126
定　　價｜380元

國家圖書館出版品預行編目(CIP)資料

卡夫卡遺稿集：八開本筆記及其他 / 法蘭茲.卡夫卡(Franz Kafka)作；彤雅立譯. -- 初版. -- 新北市：木馬文化事業股份有限公司出版：遠足文化事業股份有限公司發行, 2024.08　248面；14.8 x 21 公分
譯自：Die Acht Oktavhefte　ISBN 978-626-314-712-6(平裝)
882.44　　113010018